De Cock en 't wassend

A.C. Baantjer

De Cock
en 't wassend kwaad

Fontein Paperback

Eerste druk 1995
Tiende druk 1998

ISBN 90 261 0722 6

Omslagfoto: Maran Olthoff
Omslag: Studio Combo
Verspreiding voor België: Verkoopmaatschappij Bosch & Keuning,
Vrijheidstraat 33, 2000 Antwerpen

1

Rechercheur De Cock van het aloude politiebureau aan de Amsterdamse Warmoesstraat stond wat onwennig op het smalle podium naast zijn lessenaar. Ondanks zijn degelijk Harris-tweed colbert en de eigengebreide pullover, die zijn vrouw hem dwong te dragen zolang er nog een 'r' in de maand was, voelde hij zich naakt, bespied.
Peinzend plukte hij aan het stompe puntje van zijn neus. Onderwijl liet hij zijn scherpe blik langs de groep leerlingen dwalen. Dertien jonge mannen en zeven jonge vrouwen. Na een zorgvuldige voorselectie waren ze enige maanden geleden in opleiding genomen om in de nabije toekomst de gelederen van de Amsterdamse recherche te versterken. Jonge, frisse, gladde, ongeschonden gezichten... heldere blikken, met daarin een wilde hunkering naar het werk dat hen wachtte.
De oude rechercheur streek met zijn vlakke hand over zijn breed gezicht. Bezorgd vroeg hij zich af hoe hun gelaatstrekken na tien jaar politiedienst zouden zijn getekend... hun heldere blikken vertroebeld. De voortdurende confrontatie met misdaad en gruwelijk geweld versnelde, zo was zijn ervaring, het proces van ouder worden. Bovendien raakte bij de meesten van hen al spoedig de geestelijke weerbaarheid door frustraties aangetast en werd hun ziel geknakt door onmacht en hun hart verbitterd door gebrek aan erkenning.
Een moment voelde hij de behoefte in zich woelen om dat uit te leggen, te verklaren, maar hij overwoog dat het niet fair was om nu al hun jeugdige ambities, hun elan, te bezoedelen. Bovendien, bedacht hij bitter, zouden ze hem niet geloven.
De Cock ademde diep. De korpsleiding had hem verzocht om eenmaal in de week een babbeltje met de toekomstige recherchemensen te maken... een ongedwongen babbeltje van een klein uur, waarin hij volkomen vrij was in de keuze van zijn onderwerpen.
Met enige tegenzin had de grijze speurder toegestemd. Hij was niet zo gecharmeerd van schematische opleidingen. Zeker, een jonge rechercheur diende zijn of haar wettelijke bevoegdheden te kennen en op de hoogte te zijn van de nieuwste opsporingsmethodieken. Ook de vorderingen die de forensische geneeskunde de laatste jaren had gemaakt, waren belangrijk. Maar het echte recherchewerk, zo

meende De Cock, leerde men toch in de praktijk en niet in de banken van een schoolklas.
Zijn blik bleef rusten op een jonge vrouw rechts vooraan.
Haar elegantie, haar uitstraling van ingehouden sensualiteit, trof hem. Ze leek hem meer geschikt voor een subtiele spionage, dan voor het ruwe recherchewerk van alledag. Ze had een koket kuiltje in haar rechterwang, blauwe ogen en lang, zacht golvend goudblond haar. Van onder de bank waarin ze zat, waren haar lange slanke benen zichtbaar. Het begin van haar rokje kon hij vanaf het podium niet zien.
Nieuwsgierig keek hij naar het klasselijstje op de lessenaar naast zich.
Gabriëlle, las hij, Gabriëlle de Poortere. Hij nam zich voor om die naam te onthouden.
De Cock spreidde zijn beide handen en plooide zijn lippen tot een glimlach.
'Het feit,' begon hij met enige stemverheffing, 'dat een rechercheur in burger gekleed gaat, maakt hem nog geen burger. Het is een stelling die zeker opgaat voor mensen die de bevolking graag in twee groepen verdelen... politie en burgerij. Het onderscheiden van deze beide groepen betekent voor hen vaak het verschil tussen de vrijheid van het moment, of de gevangenis die hen wacht. Daarom hebben zij een soort zesde zintuig ontwikkeld, dat hen in staat stelt om een politieman of politievrouw in burger onmiddellijk van een gewone burger te onderscheiden.'
Een jongeman in een bank pal voor hem stak zijn rechterhand omhoog. Om zijn mond lag een grijns.
'Hoe... hoe werkt dat zintuig?' vroeg hij gewild geaffecteerd.
De Cock gniffelde.
'Ze ruiken het.' Hij stak gebarend zijn wijsvinger vooruit. 'Vanaf het moment dat een rechercheur zijn of haar wankele schreden in dit moeilijke beroep doet, is hij of zij gebrandmerkt als een "stille" of een "rus". Hij of zij kan net zo goed op borst en rug een bordje hangen met de tekst: "Hier loopt een rechercheur". Het resultaat zou hetzelfde zijn, want een ieder die daar belang bij heeft, kent zijn of haar houding, loop en gestalte. Een rechercheur die meent dat zijn colbertje of mantelpak hem of haar tot een gewone burger maakt, is een dwaas. Elke blik, elk gebaar en elke draad van de kleren die hij of zij draagt, ademt het Wetboek van Strafrecht. Er is geen ontko-

men aan en het beste dat hij of zij kan doen, is zich erbij neerleggen en de schijnvertoning voortzetten.'
De jongeman stak opnieuw zijn hand op.
De Cock keek hem onderzoekend aan. Hij droeg een blauwe verschoten spijkerbroek en een slobberig zwart jack, waarop CHAMPION in glinsterend stiksel. De oude rechercheur ging achter zijn lessenaar staan en keek op zijn klasselijstje.
'Stephan van den Berg?'
De jongeman knikte glimlachend.
'U mag Steef zeggen.'
De Cock boog zich iets naar voren.
'U bent het niet met mij eens?'
Stephan van den Berg schudde zijn hoofd.
'Uw verhaal gaat misschien op voor de oude generatie speurneuzen met aangeplakte snorren, bolhoeden en platvoeten. De misdadigers van toen hadden echt geen zesde zintuig nodig om in hen de politieman... de rechercheur te herkennen. Ze droegen als het ware een zelfgekozen uniform... bijna universeel... Berlijn, Londen, Parijs... overal dezelfde bolhoeden en platvoeten.' Hij zwaaide achter zich naar zijn klasgenoten. 'Wij onderscheiden ons in niets...'
De Cock onderbrak hem.
'...van misdadigers in dezelfde kledij?'
Stephan van den Berg aarzelde even.
'Dat... eh, dat bedoel ik.'
De Cock stapte van achter zijn lessenaar weg en liep een paar maal voor de klas heen en weer. Toen hij bleef staan, grijnsde hij van oor tot oor.
'Ik heb een typische slepende slenterpas. Dat heb ik niet aangeleerd. Ik ben erfelijk belast. Mijn voorvaderen waren Urker vissers. Zij bestuurden op de oude Zuiderzee hun nietige houten bottertjes met het zware helmhout tussen hun enkels. Dat laat genetische sporen na. Mijn vrouw herkent mij er aan uit duizenden... en zij is niet eens crimineel.'
De meeste leerlingen lachten. Stephan van den Berg niet. Zijn mond vormde een strakke lijn. Toen het gelach was verstomd, stond hij op. Zijn linkerschouder schokte en zijn gezicht zag bleek.
De Cock keek hem secondenlang aan. Met zijn dun vlasblond haar en wilskrachtige kin leek hij een verjongde uitgave van Dick Vledder, zijn assistent.

'Je wilt nog iets zeggen... Steef?' vroeg hij vriendelijk.
De jongeman knikte.
'Hoe lang is het geleden, dat u... net als wij nu... een opleiding voor rechercheur volgde?'
De Cock krabde zich achter in zijn nek. Het was een gebaar om tijdwinst.
'Dertig jaar... zo ongeveer.'
Stephan van den Berg grinnikte vreugdeloos.
'Dertig jaar,' herhaalde hij. 'Wat is er in die dertig jaar in Nederland met de maatschappij gebeurd?' ging hij smalend verder. 'Waren er toen drugs, dealers, verslaafden, drugs-related crime? Kende men het fenomeen van de calculerende burger? Waren er allochtonen met hun eigen normen en cultuur? Bent u in uw jonge jaren wel eens geconfronteerd met een liquidatiemoord door een kille huurmoordenaar? Bestonden er toen mafia-achtige organisaties en een niet in te schatten witte-boordencriminaliteit?'
De Cock schudde traag zijn hoofd.
'Veel van de zaken die jij noemde,' antwoordde hij geduldig, 'waren er niet. Ik heb ze zien ontstaan. Ik heb gezien hoe de eerste kiemen werden gelegd. In dertig jaar heb ik een goed beheersbare misdaad zien uitgroeien tot een niet meer te bestrijden monster.'
Gabriëlle de Poortere stak met gespreide vingers haar beide armen omhoog. Haar blonde haren wuifden langs haar gezicht. '*Men smoore 't wassend quaet*,' declameerde zij uitbundig, '*bij tijds in zijn geboorte*.'
De Cock keek haar verbaasd aan.
'Dat is een versregel van Joost van den Vondel,' riep hij blij verrast. 'Het verheugt mij dat u die versregel kent.'
Over de wangen van Gabriëlle de Poortere gleed een lichte blos. 'Joost van den Vondel leefde in de zeventiende eeuw,' verduidelijkte ze. 'In een tijd dat het kwaad in Amsterdam tot grote hoogte steeg.'
'Zoals nu?'
'Precies.'
De Cock maakte een mistroostig gebaar.
'Het is jammer,' verzuchtte hij, 'dat men het "quaet" niet bij zijn geboorte onderkent... of niet wil onderkennen en...'
Stephan van den Berg onderbrak hem. '...en de huidige vroede vaderen van het "smoren" niets willen weten.'

De Cock zuchtte opnieuw.
'Smoren is een onsympathiek begrip. Het betekent "verstikken" of "verwurgen".
Stephan van den Berg spreidde zijn beide handen.
'En geen enkele overheid is bereid om de misdaad te verstikken... te verwurgen?'
De Cock streek met zijn pink over de rug van zijn neus.
'Men... eh, men stelt zich,' formuleerde hij voorzichtig, 'het liefst "terughoudend" op.'
'Laf.'
De Cock schoof zijn onderlip vooruit.
'Dat is jouw conclusie,' reageerde hij kalm. 'Men kan zo'n stellingname ook als *wijze bedachtzaamheid* betitelen.'
Stephan van den Berg schudde afkeurend zijn hoofd.
'Een woordenspel,' sprak hij geringschattend. 'Een woordenspel om onmacht te versluieren... om verantwoordelijkheden te ontlopen.' De jongeman strekte zijn rug en wees voor zich uit naar De Cock.
'U zegt: ik-heb-gezien-hoe-de-eerste-kiemen-werden-gelegd. U hebt *'t wassend quaet* dus wel *bij tijds* herkend?'
'Zeker.'
'Wat hebt u er aan gedaan?'
'Hoe bedoel je?'
'Wat hebt u er aan gedaan om die alsmaar uitdijende misdaad tegen te gaan... wat hebt u er aan gedaan toen de goed beheersbare misdaad uitgroeide tot een niet meer te bestrijden monster? Was u de versregel van Joost van den Vondel vergeten?'
De Cock fronste zijn wenkbrauwen.
'Is dat een beschuldiging?' vroeg hij onzeker.
Stephan van den Berg liet zich in zijn bank terugzakken.
'Het gebeurde in de laatste twintig, dertig jaar... in uw tijd.'
Het klonk hard.
De Cock keek hem strak aan.
'Bestaat er zoiets als... eh, als *mijn tijd*?' riep hij verdedigend. 'En in hoeverre ben ik voor *mijn tijd* verantwoordelijk... draag ik schuld?' Hij ademde diep. 'Joost van den Vondel zag in zijn tijd *'t wassend quaet*. Wat deed hij? Hij wijdde er een versregel aan. Wat kon hij meer?'
Stephan van den Berg kwam weer uit zijn bank overeind.

Zijn neusvleugels trilden en zijn jong gezicht zag rood.
'Dat is een uitvlucht,' schreeuwde hij wild. 'Joost van den Vondel was een dichter. Hij verkocht kousen in de Warmoesstraat. U was en bent daar rechercheur van politie. Het was en is uw taak de misdaad te bestrijden.' Hij zwaaide achter zich.
'Wij krijgen als jonge rechercheurs straks te maken,' vervolgde hij geëmotioneerd, 'met een verloederende maatschappij... een maatschappij met vervaagde normen, waarin de misdaad is uitgegroeid tot een... zoals u dat noemde... niet meer te bestrijden monster. Wie moeten wij, jonge mensen, daar dankbaar voor zijn?' Hij strekte opnieuw zijn arm naar De Cock uit. 'U?'
De grijze speurder schoof zijn dikke onderlip naar voren.
De woorden van de jonge politieman troffen hem tot diep in zijn hart. Hij had in zijn lange loopbaan van rechercheur gedaan wat in zijn vermogen lag... niet altijd even enthousiast, maar plichtsgetrouw, vaak succesvol en altijd in de eerlijke overtuiging voor de beste oplossingen te hebben gekozen.
De Cock nam een lange pauze. Toen hij zich voldoende had hersteld, liep hij naar het einde van het podium en bleef pal voor de jonge Stephan van den Berg staan.
'Over dertig jaar,' sprak hij gedragen, 'zal de maatschappij er weer anders uitzien dan nu. Laten we ons geen illusies maken... ook dan zal er misdaad zijn. Wellicht anders, gecompliceerder en met nog meer raffinement. Ook dan zullen er mensen zijn die '*t wassend quaet bij tijds in zijn geboorte* herkennen. Mensen, Steef, zoals jij... welwillende mensen, die er oprecht naar streven om aan een volgende generatie een schone en beloftevolle wereld na te laten.'
De Cock zweeg enkele seconden.
'De toekomst blijft voor ons verborgen. Gelukkig. Maar misschien sta jij over dertig jaar als een gelouterd rechercheur voor een klas jonge politiemensen en vraagt een van hen of hij je dankbaar moet zijn... dankbaar voor dertig jaar ploeteren in een ongelijke strijd tegen de misdaad. Op dat moment, Steef, zal in jouw hart de pijn knagen, die nu aan mij knaagt.'
Stephan van den Berg snoof.
'Ik ben niet onder de indruk van uw betoog.'
De Cock reageerde niet. De oude rechercheur draaide zich half om en liep met gebogen hoofd weg. Nog voor hij het einde van het podium had bereikt, stormde Vledder het leslokaal binnen. De jonge

rechercheur liep met een bezweet gezicht op hem toe.
'Ben je hier klaar?' vroeg hij opgewonden.
De Cock knikte traag.
'Voor vandaag.'
Vledder duimde over zijn schouder.
'Ik ben met de Golf. Hij staat voor de deur.'
De Cock keek hem monsterend aan.
'Wat is er?'
Vledder zuchtte.
'In het pandje van Manke Greet op de Achterburgwal ligt het lijk van een jonge vrouw.'
'Vermoord?'
'Gewurgd.'
'Een hoertje?'
Vledder trok weifelend zijn schouders op.
'Dat..eh, dat weet ik niet,' antwoordde hij onzeker.
De Cock grijnsde.
'Hoe lang zit je op de Warmoesstraat?'
'Lang.'
'Dan weet je toch hoe een hoertje eruitziet... hoe ze zich kleedt?'
Vledder klemde zijn lippen opeen.
'Ze was naakt.'
De Cock sjokte achter zijn jonge collega het leslokaal uit. Bij de deur draaide de oude rechercheur zich even om.
Stephan van den Berg stond rechtop in zijn bank. Zijn te lange armen hingen slap langs zijn lijf. Zijn linkerschouder schokte.

2

Vledder trok de Golf gierend van voor de ingang van de politieopleidingsschool weg en mengde zich brutaal in de drukke verkeersstroom. Een boze automobilist, die gedwongen werd om snel te reageren, toeterde uit woede. De jonge rechercheur maakte een achteloos gebaar en duimde over zijn schouder.
'Kun je ze nog wat wijsmaken?' grapte hij.
De Cock zakte glimlachend onderuit.
'Weinig... vrees ik. Ze geven mij het gevoel alles al te weten.'
Het klonk wat somber.
Vledder trok een grimas.
'Ik dacht dat jij... met al je ervaring... toch wel wat te vertellen had.'
De Cock knikte instemmend.
'Dat denkt de korpsleiding ook. Men heeft de overtuiging, dat de jongelui van mij iets kunnen leren. Maar ik ben niet zo'n beste docent.'
Vledder blikte even opzij.
'Ik heb in de loop der jaren veel van je opgestoken. En doe dat nog steeds.'
De Cock negeerde de opmerking.
'Vooraan in mijn klas met toekomstige recherchemensen zit een gedreven jongeman, ene Stephan van den Berg. Met hem had ik het vanmiddag aan de stok.'
'Waarover?'
'De jongeman was van mening dat de ontwikkeling van een rechercheur na het verlaten van de school ophoudt en de maatschappelijke veranderingen verder ongemerkt aan hem voorbijtrekken.'
Vledder grinnikte vreugdeloos.
'Nonsens,' riep hij opgewonden. 'Die jongeman begrijpt er niets van. Als er op aarde één beroep is dat iemand voortdurend met zijn neus op veranderde maatschappelijke ontwikkelingen drukt, dan is het dat van politieman. Hij is de eerste die met de uiterlijke symptomen van die veranderingen wordt geconfronteerd.'
De Cock knikte. 'Je hebt gelijk,' reageerde hij knorrig. 'Maar wie luistert er naar de mening van een simpele politieman... al heeft hij nog zo veel ervaring?'

Vledder schudde mistroostig zijn hoofd.
'Niemand.'
'Precies. Dat is de moeilijkheid. De korpsleiding moet ook niet mij, maar een politicus voor een klas van aankomende rechercheurs zetten. Laat zo'n salonridder aan die jongelui uitleggen waarom de criminaliteit stijgt en de verloedering toeneemt.'
'Kan hij dat uitleggen?'
De Cock knikte nadrukkelijk.
'Absoluut. Een politicus heeft voor alles een verklaring.'
Vledder keek hem van terzijde aan.
'Waarom ben jij nooit in de politiek gegaan?' vroeg hij snuivend. 'Ik had op je gestemd.'
De Cock gromde.
'Ik wil de mensen recht in hun ogen kunnen blijven kijken.'
Vledder gniffelde.
'Ben je daarom rechercheur geworden?'
De Cock antwoordde niet. Hij wilde van het nare onderwerp af. De oude rechercheur drukte zich iets omhoog.
'Kon je die moord op de Achterburgwal niet zonder mij afwikkelen?'
Vledder staarde voor zich uit naar de file bij de opgang naar de rondweg.
'Dat was ik van plan,' antwoordde hij effen.
'En?'
'Ik dacht aanvankelijk aan een eenvoudige wurgmoord op een prostituée, zoals wij die in het verleden vaker zijn tegengekomen.'
'Wat bracht je op andere gedachten?'
'Een panty.'
De Cock trok zijn neus iets op.
'Een wat?'
'Een panty.'
'Wat is een panty?'
Vledder lachte.
'Een dunne nylon maillot, zoals vrouwen die plegen te dragen.'
De Cock trok een bedenkelijk gezicht.
'Een dunne maillot? Ik dacht dat moderne vrouwen nylonkousen droegen.'
Vledder schudde zijn hoofd en keek hem met een meelijwekkend lachje aan.

'Die Stephan van den Berg bij jou in de klas heeft gelijk... maatschappelijke ontwikkelingen trekken inderdaad ongemerkt aan je voorbij.'
De Cock fronste zijn wenkbrauwen.
'Welke maatschappelijke ontwikkelingen?' vroeg hij onzeker.
De jonge rechercheur schudde zijn hoofd.
'Vrouwen van tegenwoordig dragen geen nylons meer. Nylonkousen zijn *out*.'
'Panty's.'
'Precies.'
De Cock grijnsde.
'En zo'n *panty* bracht jou er toe om mij in de zaak te betrekken?' vroeg hij ongelovig.
Vledder knikte.
'Die jonge vrouw is met een panty gewurgd,' sprak hij ernstig. 'Het nylon zit strak om haar hals gespannen. De insnoeringen zijn duidelijk zichtbaar.'
'Verder?'
'Gezien de plaats-delict... een vunzig kamertje in het oude hoerenpandje van Manke Greet aan de Achterburgwal... nam ik vrijwel onmiddellijk aan dat het slachtoffer een jonge prostituée was, die tijdens de uitoefening van haar beroep was gesneuveld.'
De Cock plukte aan zijn onderlip.
'Ik vind,' sprak hij hoofdschuddend, '*gesneuveld* in dit verband geen gelukkige woordkeus.'
Vledder snoof.
'...werd vermoord,' verbeterde hij kribbig.
De Cock knikte goedkeurend.
'Beter.'
De jonge rechercheur verbeet zijn ergernis.
'Maar een panty,' legde hij geduldig uit, 'is voor een prostituée geen geschikt kledingstuk. Zo'n panty is lastig om bij elke klant aan en uit te doen. Daarom dragen de meeste prostituées geen panty's maar ouderwetse nylonkousen... al dan niet opgehouden door opwindende jarretelles aan een gordeltje.'
De Cock gniffelde.
'Dus toch nylons.'
Vledder zuchtte omstandig.
'Alleen in het wereldje van de... eh, de ondeugende vrouwen.'

De Cock keek hem bewonderend aan.
'Je bent goed op de hoogte,' sprak hij met een zweem van achterdocht.
Vledder knikte.
'Ik ben deskundig voorgelicht,' reageerde hij gelaten.
De Cock draaide zich half naar hem toe.
'Die panty,' sprak hij samenvattend, 'bracht jou op de gedachte dat het slachtoffer... ondanks de plaats-delict... wel eens geen prostituée kon zijn.'
'Precies.'
'Knap.'
Vledder bloosde bij de lof.
'Mijn eerste indruk was,' ging hij verder, 'dat het slachtoffer met haar eigen panty was gewurgd... dat lag ook het meest voor de hand... maar tot mijn verbazing vond ik... keurig gedrapeerd over de leuning van een stoel in haar kamertje... een hemdje, een blouse, een rok, een slipje en... een panty.'
De jonge rechercheur keek De Cock van terzijde aan.
'Conclusie?'
De grijze speurder knikte traag voor zich uit.
'De moordenaar bracht zijn eigen panty mee.'

De Cock liet zijn blik speurend door het interieur dwalen. Met uitzondering van het naakte lijk op het bankbed tegen de muur, vormde de kleine ruimte het gebruikelijke decor van een peeskamertje* van een prostituée... voor het raam een stoel op een kleine verhoging, een smal fonteintje met een spiegel bij de deur en in de hoek een gedeukte pedaalemmer voor de gebruikte condooms.
De oude rechercheur deed een stap opzij en drukte met zijn voet op het pedaal. De emmer was leeg. Hij pakte zijn zaklantaarn en bukte zich diep voorover. De krant op de bodem van de emmer, zo las hij, was van drie dagen terug.
Hij kwam weer overeind, sjokte naar het bankbed en boog zich over het lijk. Ze lag op haar rug. Een lichtgrijze panty zat als een knoedel om haar nek. Haar groene wijd opengesperde ogen, in angst verstard, staarden naar het plafond.
Vledder had gelijk. De wurgende insnoeringen van het nylon aan de

* Kamertje waar een prostituée haar klanten ontvangt.

hals waren inderdaad duidelijk zichtbaar. Peinzend keek hij in het gelaat van de dode. Al na enkele seconden ontweek hij de ogen. De angst die zij uitstraalden, maakte hem onrustig. Hij bekeek de rouge op haar wangen. De overdadige make-up kon haar wasbleke huid niet maskeren.
Zijn blik gleed langs haar slappe borsten omlaag en bleef even rusten bij haar welgevormde benen. Daarna richtte hij zijn aandacht weer op haar gezicht. Er was iets dat hem hinderde. Haar lange diepzwarte haren hadden een onnatuurlijke glans.
Hij keek op naar Vledder.
'Heb je de meute* gewaarschuwd?'
De jonge rechercheur knikte.
'Niet direct. Eerst nadat ik had besloten om jou er bij te halen.'
De Cock gebaarde naar de dode op het bankbed.
'Hoe oud schat je haar?'
'Rond de dertig.'
'Weet je al wie zij is?'
De jonge rechercheur schudde zijn hoofd.
'Daar ben ik nog niet achter. Ik heb nergens papieren van haar gevonden.'
'Wat zegt Manke Greet?'
Vledder grijnsde.
'Die woont al meer dan een half jaar op een boerderij in de buurt van Tuitjenhorn. Zeer landelijk. Ze verzorgt daar een paar schaapjes en een kreupele geit... met liefdevolle aandacht.'
De Cock beluisterde de toon.
'Je bedoelt,' sprak hij gnuivend, 'met meer liefde en aandacht dan waarmee ze hier op de Wallen ooit haar eigen hoeren verzorgde?'
'Precies.'
'Van wie is dit pandje nu?'
'Nog steeds van Manke Greet. Ze geeft dat melkkoetje niet op. Een paar maal in de week stuurt ze een mannetje om de huur op te halen.'
'Een vaste huur?'
Vledder knikte.
'Ongeacht wat zo'n hoertje heeft verdiend. Als het slecht weer is en de klandizie stokt, moet ze geld meebrengen.'

* Spottende uitdrukking voor de groep mensen die bij de behandeling van een moord nodig is.

De Cock liep op hem toe.
'Hoe kom je aan al die wijsheid?'
Vledder maakte een hoofdbeweging.
'Van Blonde Annie... een lief klein hoertje, een paar pandjes verder op de gracht.' De jonge rechercheur gebaarde naar het lijk. 'Zij heeft haar ook gevonden.' Hij blikte even op zijn horloge. 'Een goed uurtje geleden. Volgens Blonde Annie was zij de enige op de gracht die wel eens een praatje met haar maakte. Voor de rest bemoeide zij zich met niemand.'
De Cock fronste zijn wenkbrauwen.
'En Blonde Annie weet niet wie zij is?'
Vledder trok zijn schouders op.
'Ze liet zich Lucille noemen. Maar of ze werkelijk zo heette, wist Blonde Annie niet. Het kon haar ook niet zoveel schelen, zei ze.'
De Cock knikte begrijpend.
'What is in a name?'
Bram van Wielingen, de politiefotograaf, kwam met veel gedruis het peeskamertje binnen. Hij zette zijn aluminiumkoffer op de vloer en keek naar de dode op het bankbed.
'Hebben ze er weer eens eentje gemold?' riep hij opgewekt. 'Prostituée... een link beroep. Als ik hoer was zou ik gevarentoeslag eisen.'
De Cock keek hem monsterend aan.
'Jij een hoer? Je hebt er het figuur niet voor.'
Bram van Wielingen negeerde de opmerking. Hij pakte zijn Hasselblad uit zijn koffer en monteerde een flitser.
'Heb je nog bijzondere wensen?'
De Cock knikte.
'Ik wil dat je het gehele interieur van dit kamertje vastlegt. Met een groothoeklens moet dat lukken. Verder een shot van de pedaalemmer met goed zichtbaar de datum van de krant en een paar duidelijke plaatjes van haar gezicht... voor de herkenning. Ik weet nog niet wie zij is.'
Bram van Wielingen wees.
'Kan die vieze knoedel uit haar nek?'
De Cock schudde zijn hoofd.
'Ik wil een deskundige laten vaststellen of de wurger misschien een bijzondere knoop in die... eh, die panty heeft gelegd.'
Terwijl Bram van Wielingen in het dode gelaat flitste, kwam dokter

Den Koninghe het kamertje binnen. Hij liet de deur achter zich open. Naast de ingang, buiten op het smalle trottoir van de gracht, stonden twee onaandoenlijke broeders van de Geneeskundige Dienst met hun brancard.
De Cock liep op Den Koninghe toe en schudde hem hartelijk de hand. Hij had een zwak voor de excentrieke dokter met zijn ouderwetse grijze slobkousen onder een deftige streepjesbroek, zijn stemmig zwart jacquet en zijn verfomfaaide groenuitgeslagen garibaldihoed. Al vielen de mussen dood van het dak... de oude lijkschouwer verscheen altijd in hetzelfde tenue.
'Hoe maakt u het?' vroeg De Cock belangstellend.
Dokter Den Koninghe glimlachte.
'Een beetje last van mijn jicht,' antwoordde hij met een schorre stem. 'Maar verder? Verder gaat het met mij wel goed.' Hij gebaarde naar het lijk op het bankbed. 'Met haar niet zo... dacht ik.'
De oude lijkschouwer duwde Bram van Wielingen ruw opzij en liep op haar toe. Hij boog zich ver voorover en bezag de gelaatstrekken van de dode. Uit een pand van zijn jacquet pakte hij een kleine zaklantaarn en scheen in haar pupillen. Daarna drukte hij voorzichting met zijn duim en wijsvinger haar beide oogleden toe. Het gelaat van de dode vrouw kreeg met gesloten ogen een vrediger aanzien. Haar doodsangst bleef achter haar dichte oogleden verborgen.
Dokter Den Koninghe kwam overeind, nam zijn bril af, pakte zijn witte pochet uit het borstzakje van zijn jacquet en poetste gewoontegetrouw zijn glazen schoon.
'Ze is dood,' sprak hij laconiek.
De Cock knikte met een ernstig gezicht.
'Daar gingen we reeds vanuit.'
De dokter wees naar het lijk.
'Ik schat zo'n tien tot twaalf uur. Misschien nog wel iets langer. Gezien de temperatuur in dit kamertje is het lichaam al sterk afgekoeld.'
De Cock plukte peinzend aan het puntje van zijn neus.
'Schat u, dat ze is... eh, misbruikt?'
'Je bedoelt sexueel?'
'Ja.'
Dokter Den Koninghe keek naar hem op. Zijn ogen achter dikke brilleglazen twinkelden vrolijk.

'Ik weet niet of men bij haar nog van *mis-bruik* kan spreken. Maar die vraag kun je morgen beter aan dokter Rusteloos stellen.'
De Cock knikte begrijpend.
'Maar ik mag toch aannemen, dat die verwurging de oorzaak van haar dood is?'
Dokter Den Koninghe glimlachte.
'Dat mag je.' Hij lichtte tot groet zijn groenuitgeslagen garibaldi-hoed en liep van hem weg. Na een paar passen draaide hij zich half om en wees met gestrekte arm naar de dode op het bankbed. 'Ze draagt een pruik.'
De Cock wuifde vaag ten afscheid. Hij liep snel terug naar het lijk en bekeek nogmaals haar gezicht. Hij blikte opzij naar Bram van Wielingen.
'Heb je haar al met gesloten ogen?'
De politiefotograaf knikte.
'Al een paar maal.'
De Cock bukte zich voorover. Voorzichtig pakte hij boven op het hoofd van de dode het zwarte haar vast en tilde het voorzichtig omhoog. Haar hoofd bewoog even toen hij de pruik van onder haar wegtrok.
Vledder hijgde in zijn nek.
'Ze is rood,' riep hij verbaasd.
Bam van Wielingen flitste opnieuw in het dode gelaat.
Ineens liet hij zijn camera zakken.
'Ik... eh, ik ken haar,' stamelde hij. 'Ik heb kortgeleden nog foto's van haar onder ogen gehad.'
De Cock keek hem verrast aan.
'Wat voor foto's.'
'Na haar ontsnapping uit de gevangenis in Breda. We wilden haar foto in de kranten laten opnemen, maar de officier van justitie hield dat tegen. Die lui zijn tegenwoordig bang dat ze zich aan koud water branden.'
De Cock kon zijn ongeduld maar net bedwingen.
'Wie is ze?' riep hij geprikkeld.
'Jeanne van Ark.'
'En ze zat vast in Breda?'
'Ja.'
'Waarvoor?'
'Moord.'

3

De Cock keek Bram van Wielingen verrast aan.
'Ze zat in Breda voor... eh, voor moord?'
De fotograaf antwoordde niet. Hij tikte met een wrange grijns op zijn gezicht tegen zijn oude Hasselblad.
'Ik denk,' sprak hij geheimzinnig, 'dat ik met deze plaatjes van die dode griet iemand die ik heel goed ken een groot plezier zal doen.'
De oude rechercheur keek hem niet-begrijpend aan.
'Mij. Mij zul je er een groot plezier mee doen. Ik heb ze nodig.'
Bram van Wielingen reageerde niet direct. Hij bukte zich. Diep ademend borg hij het fototoestel in zijn aluminiumkoffer en klapte het deksel dicht.
'Morgenochtend,' sprak hij opkijkend, 'op je bureau. Is dat vroeg genoeg?'
'Zeker.'
Vledder nam de zwarte pruik van De Cock over en hield die omhoog.
'Dit was dus camouflage.'
Bram van Wielingen kwam overeind en wees met een droeve grijns op zijn gezicht naar de naakte dode op het bankbed.
'Ze is... eh, ze was gek op pruiken,' sprak hij somber. 'Jeanne van Ark... bij haar laatste overval droeg ze een blonde pruik.'
De Cock keek hem schuins aan.
'Overval?'
Bram van Wielingen knikte traag.
'Ze werd ongeveer anderhalf jaar geleden na een vuurgevecht met de politie gearresteerd bij een overval op een supermarkt.'
'Waar?'
'In Wageningen.'
De Cock maakte een verontschuldigend gebaar.
'Er worden de laatste jaren zoveel gewapende overvallen gepleegd,' verzuchtte hij. 'Het is niet meer bij te houden.' De oude rechercheur kauwde peinzend op zijn onderlip. 'Als ik mij goed herinner... bij die overval in Wageningen vielen toch twee doden?'
Bram van Wielingen knikte opnieuw.
'Twee leden van het personeel, een vrolijke jonge magazijnbediende en een al wat bejaarde bedrijfsleider. Die jongen... eh, die magazijn-

bediende stierf door een kogel uit haar pistool... een FN 9 mm.'
De Cock fronste zijn wenkbrauwen.
'Dat staat vast?'
Bram van Wielingen knikte nadrukkelijk.
'Leden van het arrestatieteam zagen haar het wapen weggooien.'
'Wanneer?'
Bram van Wielingen gebaarde voor zich uit.
'Toen ze haar laatste kogel had verschoten, wierp ze het pistool uit het raam van het magazijn waarin ze zich had verschanst en kwam met haar beide handen omhoog uit haar schuilplaats te voorschijn.'
De fotograaf zweeg even. De uitdrukking op zijn gezicht veranderde. 'Ze hadden haar toen als een hond moeten afschieten.'
De Cock negeerde de opmerking.
'Was er nog iemand anders in dat magazijn?' vroeg hij zakelijk.
Bram van Wielingen antwoordde niet direct. Hij kneep zijn lippen op elkaar.
'Die... eh, die dode magazijnbediende. Ze had hem eerst gegijzeld.'
De Cock knikte begrijpend.
'En hem daarna een kogel in zijn lijf gejaagd.'
Bram van Wielingen spreidde zijn handen.
'Geen twijfel mogelijk. Op het FN-pistool zijn haar vingerafdrukken gevonden... heel duidelijk... en uit een genomen schiethand* is gebleken dat zij ook inderdaad het wapen heeft gebruikt. De rechtbank in Arnhem had er ook geen enkele moeite mee. Hoewel ze heftig ontkende, heeft men het als bewijs aangenomen en haar tot twaalf jaar gevangenisstraf veroordeeld.'
'En de anderen?'
'Je bedoelt de bandieten met wie zij die roofoverval pleegde?'
De Cock knikte. 'Ik meen mij vaag te herinneren dat zij niet alleen was.'
Bram van Wielingen schudde zijn hoofd.
'Vermoedelijk waren ze met z'n vieren. Die drie anderen zijn nooit gepakt.'
De Cock staarde even voor zich uit.

* Van de huid rondom duim en wijsvinger wordt een afdrukje gemaakt; een zogeheten schiethand, waarin kruitsporen kunnen worden aangetroffen.

'Hoe verliep verder het onderzoek in die zaak? Weet men inmiddels wie die anderen zijn?'
Bram van Wielingen wees opnieuw naar de naakte dode op het bankbed. Zijn gezicht zag asgrauw.
'Jeanne van Ark heeft nooit iets willen zeggen,' sprak hij hoofdschuddend. 'Wat men ook heeft geprobeerd, dat loeder heeft de namen van haar medeverdachten nooit willen noemen.'
De Cock beluisterde de toon.
'Loeder?'
Bram van Wielingen zwaaide wild met beide armen. Het leek alsof hij plotseling alle zelfbeheersing verloor.
'Ja,' riep hij fel, 'een loeder.'
De Cock keek Bram van Wielingen enige tijd onderzoekend aan. De oude rechercheur had de altijd levenslustige en opgewekte fotograaf nog nooit somber gezien... zo opstandig, zo verward.
'Voel je je goed?' vroeg hij bezorgd.
Bram van Wielingen deed zijn beide ogen dicht. Het duurde seconden. Toen hij zich weer volkomen in bedwang had, bukte hij zich en pakte zijn koffertje.
'Het gaat wel.'
De Cock kwam een stap naderbij en legde vertrouwelijk zijn hand op de rechterschouder van de fotograaf.
'Je bent goed op de hoogte,' formuleerde hij voorzichtig. 'Je weet bijna alles van die overval in Wageningen... zoveel details.'
Bram van Wielingen zuchtte diep.
'Ik heb de zaak destijds nauwlettend gevolgd. Ik voelde mij er min of meer bij betrokken. Mijn vrouw komt oorspronkelijk uit Wageningen. Ze heeft daar nog veel familie.' De fotograaf keek opnieuw naar de dode; een koele blik vol haat. 'Mijn zwager had haar kunnen wurgen. Die jonge magazijnbediende... was zijn zoon.'

De Cock steunde met zijn beide ellebogen op het blad van zijn bureau en liet zijn hoofd in het kommetje van zijn handen rusten.
'Heb je haar nagetrokken?'
'Ja.'
'En?'
Vledder tikte met zijn middelvinger op een dikke grijze map met groene linten. 'Jeanne Pauline van Ark heeft een strafblad van hier tot gunter.'

'Allemaal geweldsdelicten?'
Vledder schudde zijn hoofd.
'Ze is al heel jong door het hele Wetboek van Strafrecht gewandeld. Het begon met kleine winkeldiefstallen, gevolgd door insluipingen bij oude mensen. Daarna werd ze hoofd van een groep minderjarige meiden, die beluste mannetjes beroofden.'
De Cock glimlachte.
'Beluste mannetjes?'
Vledder knikte.
'Een van de meiden lokte een man met vage beloften mee naar een park, waar hij vervolgens in een gezamenlijke actie werd beroofd.'
'Een klassieke truc.'
Vledder grijnsde.
'Die nog steeds goed werkt. Het heeft heel lang geduurd voordat de bende kon worden opgerold. Toen dook voor het eerst haar bijnaam op... Jeanne d'Arc.'
De Cock maakte een berustend gebaar.
'Jeanne d'Arc... het lag voor de hand.'
Vledder schoof het dossier van zich af.
'Doen we er nog wat aan?'
'Waaraan?'
'Die moord?'
De Cock trok zijn wenkbrauwen iets op.
'Ik begrijp je vraag niet?'
Vledder maakte een schouderbeweging.
'Ze heeft een moord gepleegd,' sprak hij achteloos. 'En vermoedelijk meer dan één. Haar naam wordt ook genoemd inzake een roofoverval op een geldauto, waarbij een chauffeur het leven liet. Het is zonde om er veel tijd aan te verspillen.'
De Cock keek hem onderzoekend aan.
'Zonde?'
Vledder knikte.
'Er zijn belangrijker zaken waaraan we onze aandacht kunnen wijden.'
'Zoals?'
'Moord op een *on*schuldig slachtoffer.'
De Cock strekte de wijsvinger van zijn rechterhand naar hem uit. 'Je bedoelt,' reageerde hij scherp formulerend, 'dat de gewelddadige dood van Jeanne Pauline van Ark geen onderzoek waard is... dat zij

haar verdiende loon heeft gekregen... dat haar dood volkomen gerechtvaardigd is en dat de samenleving haar moordenaar of moordenares in feite dankbaar behoort te zijn voor zijn of haar bewezen diensten... dat hij of zij een voordracht verdient voor een lintje van de staat?'
Zijn stem beefde van puur sarcasme.
Vledder trok een somber gezicht.
'Je zegt het zo cru,' antwoordde hij verdedigend. 'Je moet de realiteit onder ogen zien. Gesteld, dat onze Jeanne Pauline van Ark die twaalf jaar gevangenisstraf, die haar in Arnhem was opgelegd, ook daadwerkelijk had uitgezeten, dan had haar totale detentie onze samenleving... ik schat... zo'n anderhalf miljoen gulden gekost.'
De jonge rechercheur grijnsde.
'Nu kost het niets en uit de dood is nog nooit een mens ontsnapt... zelfs de echte Jeanne d'Arc niet.'
'Dat is een onbehoorlijke opmerking.'
'Maar wel waar.'
De Cock stond van zijn stoel op. Zijn gezicht stond strak als een stalen masker. Hij boog zich naar Vledder toe.
'Jij en ik... wij beiden gaan op zoek naar de moordenaar of moordenares van Jeanne Pauline van Ark... ongeacht haar verleden.'
Vledder knikte gedwee.
'Oké boss,' sprak hij gemelijk. 'We gaan gezamenlijk de dood van Jeanne Pauline van Ark wreken.'
Het klonk spottend.
De handen van De Cock trilden van wrevel.
'Ik ben jouw "boss" niet,' reageerde hij fel. 'Dat heb ik je meer gezegd.'
De oude rechercheur ademde diep.
'En luister goed: wraak is nooit ons doel. Voor ons geldt: moord is moord... wie ook het slachtoffer is... dat maakt geen enkel verschil... en dat mag ook geen enkel verschil maken.'
Vledder zuchtte.
'Mijn gevoel zegt dat er wel verschillen zijn.'
De Cock schudde zijn hoofd.
'Die verschillen mogen voor ons niet gelden,' bepleitte hij geduldig. 'Je kunt een moord niet sanctioneren... niet goedkeuren op basis van de hoedanigheid van het slachtoffer.'
De oude rechercheur liet zich in zijn stoel terugzakken en leunde

achterover. De woordenwisseling met zijn jonge collega had hem aangegrepen. In zijn ziel huisden oude normen en waarden, die hij onder geen beding wilde verloochenen.
Vledder riep: 'Binnen.'
De Cock keek op. Verzonken in gedachten had hij het kloppen op de deur van de recherchekamer niet gehoord.
De deur ging langzaam open.
In de deuropening verscheen de gestalte van een stevig gebouwde jongeman met brede schouders. De Cock schatte hem op voor in de veertig. Hij had kortgeknipt gitzwart haar, donkere ogen en een olijfkleurige huid. Gestoken in een keurig lichtgrijs kostuum liep hij op de grijze speurder toe.
'U bent rechercheur De Cock met ceeooceekaa?'
De grijze speurder knikte instemmend.
'Perfect.'
De jongeman gebaarde naar de stoel naast het bureau van De Cock.
'Mag ik gaan zitten?'
De Cock gebaarde uitnodigend.
'Neemt u plaats en zeg mij wie u bent en wat u van ons verlangt.'
De jongeman liet zich op de stoel zakken en trok de pijpen van zijn pantalon iets op.
'Ik ben Marinus Kleijn,' opende hij. 'Kleijn met een ee en een lange ij. Ik wil met u praten over de dood van Jeanne... Jeanne van Ark. Ik heb gehoord dat men haar vanmiddag heeft gevonden... vermoord.'
'Dat klopt.'
'Ik heb navraag gedaan. Een kleine man achter de tapkast van een cafeetje op de Achterburgwal zei mij, dat ik naar de Warmoesstraat moest gaan en vragen naar rechercheur De Cock met ceeooceekaa.'
De grijze speurder knikte begrijpend.
'Vanwaar uw interesse?'
'Zij was mijn vriendin.'
De Cock fronste zijn wenkbrauwen.
'Uw vriendin?' vroeg hij met een zweem van ongeloof.
'Ja.'
'Sinds wanneer?'
Marinus Kleijn liet zijn hoofd iets zakken.
'Sinds... eh, sinds zij uit de gevangenis in Breda kwam.'
De Cock hield zijn hoofd iets scheef.
'U hielp haar bij haar ontsnapping?'

Marinus Kleijn keek geschrokken op.
'Nee, nee,' riep hij afwerend. 'Ik heb met haar ontsnapping niets te maken.' Hij zweeg even. 'Hoewel... ik heb haar wel helpen ontkomen.'
'Aan wie?'
'Aan haar achtervolgers.'
De Cock boog zich iets naar voren. Zijn gezicht straalde vriendelijke welwillendheid uit.
'Vertel mij hoe u haar hebt leren kennen?' vroeg hij op een beminnelijke toon. 'Chronologisch.'
Marinus Kleijn knikte traag voor zich uit.
'Ik ben vertegenwoordiger van een uitgeverij in Baarn. Ruim een half jaar geleden... een dag of tien voor Kerstmis... reed ik 's avonds met mijn auto van Breda in de richting van Dordrecht. Ik woon in Amsterdam en was op 36 weg naar huis. Niet ver van Breda, nabij het kruispunt Zonzeel, zag ik een vrouw staan liften.'
Marinus Kleijn schudde zijn hoofd.
'Ik ben geen vrouwengek, geen man die avonturen zoekt. Ik neem ook nooit lifters mee, maar die vrouw stond daar aan de kant van de weg zo eenzaam, zo hulpeloos en voor het jaargetijde zo schaars gekleed, dat ik in een soort impuls afremde en mijn wagen een vijftig meter verder op de vluchtstrook tot stilstand bracht. De vrouw rende naar mijn wagen, trok het portier open en stapte in. "Waar moet u heen?" vroeg ik. De vrouw keek angstig achterom. "Het geeft niet," riep ze. "Weg... weg van hier".'
De Cock wreef met zijn vlakke hand over zijn breed gezicht.
'En die vrouw was Jeanne van Ark?'
Marinus Kleijn knikte.
'Zonder dat ik haar daarnaar vroeg, vertelde ze vrijwel onmiddellijk wie zij was... dat ze uit de gevangenis in Breda kwam... dat ze daar gedetineerd was om een gevangenisstraf van twaalf jaar uit te zitten.'
'Wegens moord.'
Marinus Kleijn schudde zijn hoofd.
'Het was geen moord.'
De Cock keek hem geamuseerd aan. De grillige accolades rond zijn mond dansten.
'Dat vertelde ze u?'
Marinus Kleijn knikte.

'En ik geloof haar.'
'Wat was het dan?'
'Zelfverdediging. Toen Jeanne merkte dat de supermarkt door de politie was omsingeld, vluchtte ze het magazijn in. Daar was die magazijnbediende. Jeanne probeerde de jongeman gerust te stellen. Dat lukte niet. Hij viel haar steeds opnieuw aan... was niet voor rede vatbaar. Ze had hem al een paar maal van zich af geslagen. Eerst toen hij met een stuk ijzer van een stelling op haar af kwam, heeft ze geschoten.'
De Cock plukte aan zijn onderlip.
'Dat verhaal heeft ze ook aan de rechtbank in Arnhem verteld?'
Marinus Kleijn knikte.
'Herhaaldelijk. Maar men nam haar daad niet als zelfverdediging aan. En haar criminele verleden pleitte niet in haar voordeel.'
De Cock maakte een berustend gebaar.
'Begrijpelijk.' Hij zweeg even. 'Ze vond de straf die haar door de rechtbank was opgelegd, te hoog?'
Marinus Kleijn spreidde zijn beide handen.
'Ze had daar vrede mee,' antwoordde hij zuchtend. 'Hoewel haar advocaat er op aandrong, heeft ze geen hoger beroep aangetekend. Ze beschouwde het zware vonnis als een keerpunt in haar leven.'
'Boetedoening?'
'Zo mag u dat noemen.'
De Cock keek Marinus Kleijn doordringend aan.
'Waarom vluchtte ze dan?'
Marinus Kleijn schudde zijn hoofd.
'Ze vluchtte niet.'
De Cock keek hem verbijsterd aan.
'Hoe... eh, hoe kwam ze dan weg?' riep hij opgewonden. 'Hoewel ik wel eens de indruk heb, dat onze gevangenissen zo lek zijn als een mandje, neem ik toch niet aan dat men de deur voor haar openhield.'
Marinus Kleijn gebaarde heftig.
'Jeanne werd ontvoerd. Tegen haar wil. Ze heeft zich als een waanzinnige tegen haar ontsnapping verzet.'
De Cock boog zich nog verder naar hem toe.
'Door wie... door wie werd ze ontvoerd?'
'Door de mannen met wie zij die overval in Wageningen pleegde. Zij hebben alles gepland.'
'Waarom?'

Marinus Kleijn liet zijn hoofd zakken.
'Omdat,' slikte hij, 'omdat ze haar in de gevangenis niet konden vermoorden.'

4

De Cock reageerde vol ongeloof.
'Men ontvoerde haar uit de gevangenis in Breda om haar te kunnen vermoorden?'
Marinus Kleijn knikte bevestigend.
'Daar was Jeanne van overtuigd. Ze had steeds haar mond gehouden... bij de verhoren door de recherche en later op de terechtzitting in Arnhem... nooit had ze de namen genoemd van de mannen met wie ze de overval op die supermarkt in Wageningen had gepleegd. Volgens Jeanne waren haar bendeleden bang dat ze op een dag alsnog zou praten.'
De Cock knikte begrijpend.
'Ze moest voor eeuwig zwijgen.'
'Inderdaad.'
De Cock maakte een gebaar van ongeduld.
'Hoe... eh, hoe wist Jeanne aan haar "bevrijders" te ontkomen?'
Marinus Kleijn trok een bedenkelijk gezicht.
'Ik heb uiteraard alleen haar verhaal... zoals zij het mij vertelde.'
De Cock glimlachte.
'U kunt voor de waarheid niet instaan.'
'Dat bedoel ik. Maar ik moet u zeggen... ik vond haar verhaal heel aannemelijk.'
De Cock keek hem aan. Bemoedigend.
'Hoe was haar verhaal?'
Marinus Kleijn zuchtte.
'Ze vertelde mij, dat toen haar "bevrijders" in Breda aan de rand van de stad van vluchtauto verwisselden, zij kans zag om aan hun aandacht te ontsnappen. Ze hield zich in een dichtbegroeide tuin met veel struikgewas schuil tot ze eindelijk, na lange tijd, de wagen hoorde wegrijden. Daarna was ze in paniek gaan rennen tot ze aan een snelweg kwam.'
'En daar pikte u haar op.'
Marinus Kleijn knikte.
'Ik vroeg of ze ergens in ons land een schuiladres had, waar ik haar kon afzetten. Ze zei dat ze niemand kende en ook niemand vertrouwde. Ik heb haar toen maar meegenomen naar mijn woning in Amsterdam. Bij mij thuis deed ze vrijwel onmiddellijk haar kleren

uit, dronk snel achter elkaar een paar whisky's en stapte onder de douche. Toen ze zich had gedoucht, kroop ze in mijn bed en viel binnen enkele seconden in slaap.'
De Cock keek hem niet-begrijpend aan.
'Kwam het niet in u op om de politie te waarschuwen? Ze was toch een ontvluchte gevangene... iemand van moord verdacht.'
Marinus Kleijn maakte een verontschuldigend gebaar.
'Daar heb ik geen moment aan gedacht. Ik was alleen maar bezorgd om haar veiligheid.'
De Cock maakte een berustend gebaar.
'...ze viel in slaap.'
Marinus Kleijn knikte.
'Ik ben die eerste nacht maar op de bank gaan liggen. De volgende dag kocht ik wat kleren voor haar... een paar slipjes, jurken, een wintermantel... en op haar verzoek een zwarte pruik.'
De Cock onderbrak hem.
'Ze droeg een zwarte pruik toen we haar vanmiddag vonden. Is dat die pruik?'
Marinus Kleijn schonk hem een trieste glimlach.
'Dezelfde. Ze had een hekel aan haar rode haar. Ik lijk wel een vuurtoren, zei ze. Als ik zo de straat op ga, herkennen ze mij direct.'
'Hoe lang is ze bij u gebleven?'
'Een paar dagen.'
'Hoeveel dagen... precies?'
'Zes... bijna een week. Toen wilde ze weg.'
De Cock kneep een denkrimpel in zijn voorhoofd.
'Waarom? Ze was toch veilig bij u?'
Het leek alsof de vraag niet tot Marinus Kleijn doordrong. Hij legde zijn beide handen op zijn knieën en staarde peinzend voor zich uit. Het was alsof hij plotseling, diep in zichzelf, zocht naar een verklaring voor zijn gedrag.
'Ik ben nog steeds vrijgezel,' sprak hij na een poosje. 'Vrouwen maken mij onrustig. Ik heb buiten mijn lieve moeder ook maar weinig vrouwen in mijn leven gekend. Ik heb altijd hard gewerkt... het verkopen van boeken vergt veel inzet. Ik gunde mij geen tijd om een relatie op te bouwen. Bovendien had ik er niet zo'n behoefte aan.'
Hij zweeg even en staarde opnieuw nadenkend voor zich uit.
'Met Jeanne...' ging hij dromerig verder, 'met Jeanne was het an-

ders. Het kon mij niet schelen... haar verleden, uit welk nest ze kwam... ik voelde mij tot haar aangetrokken... een innig gevoel van verwantschap. Ze was vrolijk, geestig, plaagde mij soms met mijn... eh, mijn gestuntel... mijn onbekwaamheden in het spel van de liefde.'
'Daar was u niet zo goed in?'
Marinus Kleijn trok een grijns.
'Gebrek aan ervaring... vrees ik.'
'U had haar graag bij u gehouden?'
Marinus knikte.
'Ik kon het goed met haar vinden. Ze was voor mij een lieve gezellige meid, die mijn leven plotseling volkomen had veranderd.'
Marinus Kleijn zuchtte diep.
'Maar er was geen praten tegen. Die jongens vinden mij toch, zei ze. Vroeg of laat. En als ze mij bij jou vinden, dan ben ook jij je leven niet meer zeker. Ze nemen geen risico's. Ze weten immers niet hoeveel ik jou heb verteld? En...'
De Cock onderbrak zijn woordenstroom.
'Ze verliet u.'
'Ja.'
'Wist u dat ze naar de Achterburgwal ging?'
Marinus Kleijn schudde zijn hoofd.
'Maak je geen zorgen, zei ze toen ze wegging. Ik red mij wel. Als hoer val ik niet op.'
De Cock fronste zijn wenkbrauwen.
'U wist dus dat ze van plan was om in de prostitutie te stappen.'
Marinus Kleijn knikte.
'Ik wist alleen niet waar en hoe. Ik heb de eerste dagen geprobeerd om haar uit mijn hoofd te zetten. Ik ging als vanouds weer hele dagen op pad. Het is een sloerie, zei ik tegen mijzelf. Een hoer. Marinus, wat moet je met zo'n meid?'
De Cock keek hem glimlachend aan. In zijn hart groeide sympathie voor de wat wereldvreemde boekverkoper.
'Het lukte niet?'
Marinus Kleijn schudde zijn hoofd.
'Ik ging op zoek. Een week of wat geleden zag ik haar op een avond op de Achterburgwal met haar zwarte pruik in het roze licht achter het raam zitten.
Ik stormde wild bij haar binnen... vast van plan haar mee te nemen.'

'En?'
Marinus Kleijn schonk hem een trieste glimlach.
'Ze stond van haar stoel op en lachte wat tegen mij... vrolijk, ontwapenend... noemde mij sussend een lieve jongen... streek over mijn haar, maar weigerde pertinent om mee terug te gaan. Sindsdien bezocht ik haar... zo nu en dan... zogenaamd als klant.'
Hij zweeg even. Een traan drupte over de rand van zijn ooglid... gleed over zijn wang.
'Vanmiddag... vanmiddag op de gracht zei zo'n meisje, dat ze er niet meer was... dat iemand haar had vermoord.'
Marinus Kleijn sloeg zijn beide handen voor zijn gezicht en snikte. De Cock liet hem een tijdje begaan. Toen hij dacht dat de man zich voldoende had hersteld, boog hij zich naar hem toe.
'Jeanne van Ark vertrouwde u?'
'Ja.'
'Ze heeft veel met u gesproken?'
'Ja.'
'Ook over de overval op de supermarkt in Wageningen?'
'Ja.'
'U kent alle details?'
'Ja.'
De Cock wreef met zijn vlakke hand over zijn breed gezicht.
'Hoeveel...' vroeg hij voorzichtig, 'hoeveel bent u bereid om daarvan aan mij te vertellen?'
Marinus Kleijn antwoordde niet direct. Hij keek met zijn donkere ogen naar de grijze speurder op. Een sluier van verdriet lag over zijn gezicht.
'Alles.'

Toen Marinus Kleijn met slepende tred uit de recherchekamer was vertrokken, viel er een diepe stilte. Het verhaal van de vertegenwoordiger riep tal van vragen op. Het hield de beide rechercheurs zo sterk bezig, dat het zoemen van de defecte TL-balk boven het hoofd van De Cock hen niet stoorde.
Vledder boog zich naar voren.
'Ken jij ene Benny Lefeberus?'
De Cock knikte.
'Ik heb zijn vader nog gekend... Karel Lefeberus, een gedegen brandkastkraker... tot hij dynamiet ging gebruiken en op een zekere

dag iets te veel nam. Benny is zijn oudste zoon... Mooie Benny... maakte in zijn jonge jaren Amsterdam-West onveilig.'
Vledder hamerde met zijn vuist op het dossier voor zich op zijn bureau. 'Jeanne van Ark heeft in Amsterdam-West gewoond. Ze is daar opgegroeid.'
De Cock grijnsde.
'Jeanne van Ark en Mooie Benny zijn ongeveer van dezelfde leeftijd. Ze zullen elkaar uit die tijd zeker hebben gekend.'
Vledder spreidde zijn beide handen.
'Maar is hij ook haar moordenaar?'
De Cock trok zijn schouders op.
'Het verwondert mij niet,' antwoordde hij ontwijkend, 'dat zij beiden leden waren van dezelfde bende. Het zou mij niets verbazen als die twee andere bendeleden ook hun jeugd in Amsterdam-West hebben doorgebracht. Je ziet wel vaker dat...'
Vledder wuifde zijn verdere betoog weg.
'Is hij ook haar moordenaar?' herhaalde hij trillend van ongeduld.
De Cock streek met zijn pink over de rug van zijn neus.
'Ik heb mijn bedenkingen.'
'Wat voor bedenkingen?'
'De moord op Jeanne van Ark droeg niet het karakter van een liquidatie.'
Vledder grijnsde breed.
'Bestaat er zoiets... het karakter van een liquidatie?'
De Cock knikte traag.
'Bruut geweld... een snelle gewelddadige dood.'
'Geen verwurging?'
De Cock krabde zich achter in zijn nek.
'Het is geen wet van Meden en Perzen*,' antwoordde hij geprikkeld. 'Mijn gevoel, mijn intuïtie zegt, dat Jeanne van Ark niet door een lid van haar eigen bende werd vermoord.'
Vledder maakte een vertwijfeld gebaar.
'Jouw gevoel... jouw intuïtie,' riep hij geëmotioneerd. 'Wat is dat waard? Je hebt toch gehoord wat Marinus Kleijn vertelde? Jeanne van Ark was bang voor die Benny Lefeberus. Ze was er absoluut van overtuigd dat zij door hem alleen maar uit de gevangenis in Breda

* Een bindende, gezaghebbende regel, waaraan niets te veranderen valt. Zie bijbelboek Esther, hoofdstuk 8 vers 8.

was ontvoerd om de gelegenheid te krijgen haar ongestoord te vermoorden.'
De Cock keek naar hem op.
'On-ge-stoord?'
Vledder brieste.
'Je weet best wat ik bedoel.'
De Cock stond van zijn stoel op. Vanuit de hoogte wees hij naar de telefoon op zijn bureau.
'Bel de directie van de gevangenis in Breda en vraag hoe de ontsnapping van Jeanne van Ark destijds in zijn werk ging.'
De oude rechercheur kwam achter zijn bureau vandaan en begon door de recherchekamer te stappen... traag, in zijn zo typische slenterpas. Hij deed dat graag. In de cadans van zijn tred lieten zijn gedachten zich gemakkelijker ordenen. Vaag, op de achtergrond van zijn denken, hoorde hij het telefoongesprek dat Vledder voerde. Toen de jonge rechercheur de hoorn op het toestel teruglegde, liep De Cock op hem toe en bleef voor zijn bureau staan.
Vledder keek omhoog. Zijn jong gezicht had geen expressie.
'En?'
Vledder schudde zijn hoofd.
'Er was geen sprake van een ontvoering,' antwoordde hij zacht, timide. 'Met een aangescherpt keukenmes gijzelde Jeanne van Ark een bewaakster en dwong haar de gevangenisdeuren één voor één voor haar te openen. Daar kwam geen derde aan te pas. Er was zelfs geen vluchtwagen in de buurt.'
Ze sloften vanaf de Warmoesstraat via de Lange Niezel naar de Achterburgwal. Er viel een vieze miezerige motregen, die op de huid bleef kleven.
De Cock trok de kraag van zijn regenjas omhoog, veegde met de rug van zijn hand de druppels uit zijn gezicht en schoof zijn oude hoedje ver naar voren.
Ondanks de druilerige regen was het druk op de Wallen.
Temidden van het schuifelende leger van behoeftigen kwamen de rechercheurs slechts langzaam vooruit. Om hen heen klonk een kakofonie van vreemde keelklanken. De oude rechercheur plooide zijn gezicht in een droevige grijns. Soms had hij het gevoel dat in heel Amsterdam geen enkele Amsterdammer meer woonde.
Vledder keek hem van terzijde aan. Op zijn jong gezicht lag een sombere trek.

'Ik snap er niets van,' riep hij vertwijfeld. 'Waarom loog ze tegen Marinus Kleijn? Daar bestond toch geen enkele reden toe? Die man heeft haar geholpen toen ze in nood zat... haar onderdak verschaft. Hij heeft toch niet naar haar leugens gevraagd?'
De Cock keek opzij. De vertwijfeling van zijn jonge collega deed hem glimlachen. Zonder te antwoorden schoof hij op de hoek van de Barndesteeg het cafeetje van Smalle Lowietje binnen.

Lowietje, wegens zijn geringe borstomvang in het woelige wereldje van de penoze meest Smalle Lowietje genoemd, wreef zijn kleine handjes langs zijn morsig vest en begroette de oude rechercheur met glinsterende ogen.
'Welkom, welkom,' kirde hij uitbundig. 'Welkom in mijn nederig etablissement.'
De Cock lachte. Hij schuifelde naar het einde van de bar en hees zijn negentig kilo op een kruk. Het was zijn vaste stek. Hij wist hoe licht ontvlambaar de gemoederen in de buurt waren. Vanaf die plaats had hij een goed overzicht, voor alle eventualiteiten.
Vledder nam naast hem plaats. De jonge rechercheur voelde zich al volkomen thuis in het schemerige, intieme lokaaltje van Smalle Lowietje, waar meisjes van de vlakte verpozing en vergetelheid zochten achter een pittig likeurtje of een citroentje met suiker.
De tengere caféhouder keek naar de oude rechercheur op. Zijn vriendelijk muizensmoeltje glom van genegenheid.
'Hetzelfde recept?'
De Cock antwoordde niet. Hij wist dat dit niet van hem werd verwacht. De vraag vormde slechts een inleiding... een inleiding tot een bijna sacraal gebeuren. Vergenoegd keek hij toe hoe Smalle Lowietje aalglad onder de tapkast dook en terugkwam met een fles pure cognac Napoleon, die de caféhouder speciaal voor hem gereserveerd hield. Lowietje zette diepbolle glazen op de bar en schonk behoedzaam in.
De Cock genoot van de koesterende toewijding waarmee de caféhouder hem bediende. De schaarse momenten die de misdaad hem vergunde bij Smalle Lowietje door te brengen, probeerde hij in zijn herinnering vast te leggen.
Hij nam het glas op, schommelde het zachtjes in zijn hand en snoof. Op zijn breed gezicht vol groeven verscheen een glans van opperste verrukking. Met getuite lippen nam hij een slok en liet het vocht genietend door zijn dorstige keel glijden.

Smalle Lowietje keek toe.
'Ik had je eerlijk gezegd vanavond niet in mijn etablissement verwacht.'
De Cock zette zijn glas voorzichtig op de bar terug.
'Waarom niet?'
De tegere caféhouder gebaarde voor zich uit.
'Ik zag je vanmiddag met Vledder aan de overkant van de gracht bij die vermoorde griet scharrelen. Ben je daar al uit?'
De Cock schudde traag zijn hoofd.
'Nog lang niet.'
'Is die vent nog bij je aan de Kit geweest?'
'Je bedoelt die vertegenwoordiger?'
Smalle Lowietje knikte.
'Zo'n lulletje lampekatoen.'
De Cock lachte.
'Zo'n lulletje wat...?'
De tengere caféhouder grinnikte.
'Zo'n mannetje dat zich van alles op zijn mouw laat spelden. Hij vertelde mij dat hij een goede kennis van die vermoorde griet was. Toen dacht ik, misschien heb je er wat aan voor je onderzoek.'
'Ken je hem?'
De caféhouder trok zijn smalle schoudertjes op.
'Sinds een paar weken komt hij hier wel eens een pilsje drinken... nadat hij aan de overkant bij haar op visite is geweest.'
De Cock knikte begrijpend. Hij duimde over zijn rechterschouder.
'Kende je haar?'
Smalle Lowietje schudde zijn hoofd.
'Volgens mij was ze helemaal geen hoer,' antwoordde hij bedachtzaam. 'Als er mannetjes bij haar op de stoep kwamen, dan vroeg ze zulke idiote prijzen, dat ze teleurgesteld afdropen.'
De Cock plukte aan het puntje van zijn neus.
'Ze betaalde wel haar kamerhuur?'
'Dat zal wel. Daar heb ik nooit klachten over gehoord.'
De Cock trok een bedenkelijk gezicht.
'Moeilijk... als je al je klantjes van je stoep wegjaagt.'
Smalle Lowietje grijnsde.
'Misschien had ze er een paar... *zeer* gefortuneerde.'
De Cock wreef over zijn brede kin.
'Heb je wel eens bekenden bij haar zien binnengaan?'

'Je bedoelt... buiten die suffe vertegenwoordiger?'
De Cock knikte.
'Bekenden... jochies uit de penoze?'
Smalle Lowietje keek wat schichtig om zich heen. Daarna boog hij zich vertrouwelijk naar voren.
'Mooie Benny.'
De Cock keek hem geschrokken aan.
'Wanneer?'
'Vorige week nog.'

5

Terwijl de cognac weldadig in hun magen nagloeide, verlieten de beide rechercheurs het etablissement van Smalle Lowietje. Buiten keek De Cock even omhoog naar de grauwe molton deken, die de stad al dagen omhulde en mopperde in de stijl van De Genestet over een miezerig land van mest en mist. Hij trok de kraag van zijn regenjas hoog op en schoof de rand van zijn hoedje bijna tot op de rug van zijn neus.

Er viel gestaag nog steeds een vieze klamme motregen, die de bomen aan de wallekant deed druipen en nevelslierten over het water dreef. Het stuntelige gele licht van de straatlantaarns deed de fraaie grachtengeveltjes glanzen.

De hoerenparade op de Wallen was nog intenser dan een uur tevoren. Bij de meeste pandjes waren de gordijnen gesloten. Bij enkele deuren stonden mannen popelend in de rij. De prostitutie was in vol bedrijf.

De oude rechercheur grinnikte.

'Broeierig weer.'

Vledder keek hem van terzijde aan en gromde.

'Ik geef het niet op. Hij kan het nog steeds hebben gedaan.'

'Je bedoelt Mooie Benny?'

Vledder knikte.

'Hij wist blijkbaar dat Jeanne van Ark daar op de gracht zat.'

De Cock trok een grijns.

'Als hij er op uit was om haar te vermoorden, dan had hij dat een week geleden al kunnen doen.'

Vledder trok zijn schouders op.

'Dat zegt niets. Misschien was de gelegenheid toen niet gunstig.'

De Cock schudde zijn hoofd.

'Ik geloof niet in een vete tussen Jeanne van Ark en Benny Lefeberus,' reageerde hij kalm. 'Mooie Benny is nooit bang geweest dat ze zou doorslaan. Het smartelijke verhaal dat Jeanne aan Marinus Kleijn opdiste, diende alleen maar om hem week te maken... om van zijn diensten gebruik te maken... zolang zij hem nog nodig had.'

Vledder snoof.

'Goedbeschouwd was ze een rotgriet.'

De Cock maakte een achteloos gebaar.
'Een kind van de straat.'
'Is dat een verontschuldiging?'
'Soms.'
De beide rechercheurs staken bij de Stoofsteeg het smalle bruggetje over en liepen aan de andere kant van de Achterburgwal verder in de richting van de Lange Niezel.
Achter het raam van het peeskamertje waar Jeanne van Ark de dood vond, zat alweer een schaars geklede jonge vrouw.
Zacht, mild, roze licht verhulde de harde trekken van haar gelaat.
De Cock keek naar Vledder.
'Heb je het moordkamertje niet verzegeld?'
De jonge rechercheur schudde zijn hoofd.
'Dat had geen zin,' legde hij uit. 'Er waren geen sporen veilig te stellen. Door het peeskamertje is zeker in een jaar geen sopdoek gehaald. De deuren en kozijnen waren vies, vet. Ben Kreuger gaf het algauw op. Het was volgens hem hopeloos. De dactyloscoop vond op elke vierkante centimeter vingerafdrukken op en over elkaar. Daar was niets mee te beginnen.'
De Cock knikte begrijpend.
'Wat heb je met haar kleren gedaan?'
'Die heb ik meegenomen naar de Warmoesstraat. Ze liggen in onze kast in een plastic zak. Ik heb er niets bijzonders aan kunnen ontdekken.'
De oude rechercheur bleef even staan. Nadenkend. Hij meende de jonge vrouw achter het raam te kennen... dacht wel eens contact met haar te hebben gehad, maar kon geen naam bij haar gezicht bedenken.
Hij liep naar de deur, deed die open en stapte het peeskamertje binnen. Vledder volgde in zijn kielzog.
De Cock blikte rond. Aan het interieur was niets veranderd. De gedeukte pedaalemmer stond in de hoek en over het bankbed aan de muur lag nog dezelfde plaid in luipaardmotief, waarop enkele uren geleden het naakte lijk van Jeanne van Ark was aantroffen. Prostitutie, zo wist hij, was een branche zonder sentimenten.
De jonge vrouw kwam uit haar stoel en keek de beide mannen verwonderd aan.
De oude rechercheur maakte een stramme buiging en lichtte beleefd zijn hoedje.

'Mijn naam is De Cock met... eh..'
De jonge vrouw onderbrak hem ruw.
'...met ceeooceekaa... dat is mij bekend. Jullie zijn van de Kit.'
Vledder gniffelde.
'Je zult die onhebbelijkheid om je naam te spellen moeten afleren.'
De grijze speurder negeerde de opmerking. Hij schonk de jonge vrouw zijn beminnelijkste glimlach.
'En wie bent u?'
'Jansje... Jansje Meijer.'
'Al lang in de business?'
'Een eeuwigheid.'
De Cock wees naar het bankbed.
'Weet u wat hier is gebeurd?'
Jansje Meijer grijnsde.
'Natuurlijk weet ik wat hier is gebeurd,' antwoordde ze snauwend. 'Ze hebben haar gemold.' Ze zweeg even, trok haar hoofd in haar nek. 'En daar zal ze het wel naar hebben gemaakt.'
De Cock gebaarde in haar richting.
'Reden om die gedachte te koesteren?'
'Genoeg.'
'U kende haar?'
Jansje Meijer knikte.
'Volgens Blonde Annie op de gracht liet ze zich Lucille noemen.' Ze snoof even. 'Lucille... larie. Ze heette Sjaan... Sjaan van Ark. Ik kende haar nog uit de tijd dat ze met een stel jongens en meiden Amsterdam-West op stelten zette. Een kapsonesgriet*... altijd veel drukte aan haar kont.'
De Cock beluisterde de toon waarop ze sprak.
'U... eh, u mocht haar niet?'
Jansje Meijer wenkte naar de stoel bij het raam.
'Dit is een goed stekkie. Daar zit mazzel op.' Ze schonk hem een wrange grijns. 'Nog... hoop ik. Manke Greet had mij dit raam beloofd... maanden geleden... maar Sjaan bood een hogere huur. Pure broodroof. Ze deed er niets mee.'
De Cock trok een denkrimpel in zijn voorhoofd.
'U bedoelt, dat Jeanne van Ark dit kamertje niet voor de prostitutie gebruikte?'

* Hoogmoedig, kale kak. Van het jiddische 'gawsones'.

'Precies.'
De Cock keek haar niet-begrijpend aan.
'Wat deed ze hier dan?'
'Het was haar hoofdkwartier.'
De Cock veinsde ongeloof.
'Hoofdkwartier?'
Jansje Meijer knikte nadrukkelijk.
'Hier ontving ze de gozertjes met wie ze op roof ging. Hier werden hun plannetjes uitgedokterd.'
De Cock streek met zijn hand langs zijn kin.
'Hoe... eh, hoe komt u aan die... eh, die wetenschap. Hebt u wel eens een bijeenkomst van haar in dit kamertje bijgewoond?'
Jansje Meijer zwaaide afwerend.
'Natuurlijk niet,' reageerde ze fel. 'Maar sinds ze mijn raam had ingepikt, ben ik een beetje op haar gaan letten. Ik zag dat ze gewone hoeremannetjes afwees, maar wel oude gabbers van haar uit Amsterdam-West binnenliet. Dat zei mij genoeg.'
De Cock hield zijn hoofd iets schuin.
'Gabbers... wat voor gabbers?'
Jansje Meijer keek hem wantrouwend aan.
'Ik ben geen versliecheraarster, meneer De Cock,' sprak ze hoofdschuddend. 'Je zoekt het maar uit. Ze zeggen dat jij daar goed in bent.'
De Cock spreidde zijn beide handen.
'Er zijn in ons land overvallen gepleegd,' verzuchtte hij. 'Overvallen waarbij Sjaan was betrokken... Sjaan en anderen. Overvallen, waarbij mensen werden gedood. Onschuldige mensen. Waarom zou je mij niet een handje helpen om de daders te vinden?'
Jansje Meijer schudde haar hoofd.
'Zo ver gaat mijn liefde voor de prinsemarij niet.'
De Cock ademde diep.
'Jammer.'
Het gezicht van Jansje Meijer betrok. Ze stapte dichter op De Cock toe en tikte met haar kromme wijsvinger op de revers van zijn natte regenjas.
'In die gerechtigheid van jou geloven de mensen niet meer. Dat is geweest. Het wordt tijd voor jou dat je met pensioen gaat. Gerechtigheid komt tegenwoordig toch wel... zonder jou. Sjaan heeft in haar leven alles gedaan wat God verboden heeft... geroofd, gemoord,

mensen bedrogen. Op zekere dag kom je jezelf tegen... dat kan niet uitblijven... een mes tussen je ribben... een kogel in je kop... een strop om je nek.'
De Cock beet op zijn onderlip. Een verdere discussie leek hem zinloos. Terwijl hij zich half omdraaide, knikte hij voor zich uit.
'Ik geloof dat je gelijk hebt,' sprak hij zacht. 'Jeanne is zichzelf tegengekomen.'

Met een milde grijns om zijn lippen stapte De Cock de volgende morgen op het Stationsplein uit de tram. Een intense nachtrust had zijn geest verkwikt, naargeestige gedachten verdreven en de kilte uit zijn botten verjaagd. Het ontdekken van een vroege zakkenroller op het plein kon het goede humeur van de oude rechercheur niet verstoren.
Na een reeks sombere regendagen scheen er een vriendelijk koesterend zonnetje. Een zwoele bries had de grauwe molton deken van de stad getrokken. De vlaggen op de steigers van de rondvaartboten wapperden weer vrolijk in een strakblauwe lucht.
Met zijn hoed nonchalant achter op zijn hoofd, de handen diep in de zakken van zijn regenjas gestoken, slenterde De Cock vanaf het Stationsplein over het brede trottoir van het Damrak. Hij blikte geïnteresseerd om zich heen. Het aantal meisjes en vrouwen dat zijn oog streelde, leek verdubbeld. Ze hadden hun verhullende regenkleding weer verruild voor luchtige modieuze toiletjes, waarin hun sierlijke rondingen niet langer aan het oog werden onttrokken.
In zo'n vriendelijk, zonovergoten straatbeeld leek misdaad zo ver weg... bijna onwerkelijk. De dode vrouw met haar zwarte pruik op een bankbed in een bedompt peeskamertje kwam terug in zijn gedachten. Hij had vanaf het moment dat hij haar zag liggen met die verknoedelde panty om haar nek, het vreemde gevoel dat deze moord een extra dimensie had... dat motieven een rol speelden, die hij in zijn lange loopbaan als speurder nooit eerder had ontmoet.
Nog in gedachten stak hij bij de Oudebrugsteeg de rijbaan van het Damrak over. Het gerinkel van een aanstormende tram deed hem even verstijven. In een komische draf bereikte hij de overkant. Daar bleef hij even staan, bracht zijn hijgende ademhaling weer op peil en slenterde naar de Warmoesstraat.
Vrolijk grinnikend stapte hij de grote recherchekamer binnen en zeilde zijn hoedje missend naar een haak van de kapstok. Hij deed

zijn oude regenjas uit en raapte zijn hoedje op. Daarna slofte hij naar zijn bureau.
Vledder liet zijn rappe vingers op de toetsen van zijn elektronische schrijfmachine rusten en keek omhoog.
'Weet je hoe laat het is?'
'Bij tienen.'
'Heb jij variabele werktijden?'
De oude rechercheur keek hem niet-begrijpend aan.
'Wat zijn dat voor tijden?'
Vledder antwoordde niet. Hij wees voor zich uit.
'Commissaris Buitendam vroeg al een halfuurtje geleden naar je.'
'Wat wilde hij?'
Vledder trok zijn schouders op.
'Dat weet ik niet. Je mag niet weg.'
'Niet weg?'
Vledder schudde zijn hoofd.
'Je moet om tien uur bij hem op zijn kamer zijn.'
De Cock schoof de mouw van zijn colbert iets terug en keek op zijn horloge.
'Dan heb ik nog even de tijd.' Hij ging achter zijn bureau zitten en blikte naar Vledder. 'Heb je al een strijdplan?'
De jonge rechercheur schoof zijn schrijfmachine van zich af. 'Voor de moord op Jeanne van Ark?'
De Cock veinsde verwarring.
'Hebben we nog een andere moord onder handen?'
Vledder schudde zijn hoofd.
'Gelukkig niet. Maar de moord op Jeanne van Ark is zo goed als opgelost. We behoeven de dader alleen maar even op te halen.'
De Cock keek hem ongelovig aan.
'Dat heb jij gedaan... zomaar in je eentje?'
Vledder knikte.
'Zomaar,' herhaalde hij, 'in mijn eentje.'
De Cock boog zich naar voren.
'Mag ik weten wie het was?'
Vledder antwoordde niet. Hij raadpleegde een reeks notities voor zich op zijn bureau.
'Vanmorgen om acht uur was hier al een man... ene Pieter van Duijn. Hij had van de moord op Jeanne van Ark in een ochtendkrant gelezen en kwam ons even de moordenaar aanbieden.'

De Cock trok zijn wenkbrauwen samen. 'Wie?' herhaalde hij ongeduldig. 'Wie vermoordde Jeanne van Ark?'
'Marinus Kleijn.'
'Je bent gek.'
Vledder schudde zijn hoofd.
'Pieter van Duijn is een buurman van Marinus Kleijn... wonen op hetzelfde trapportaal. Van Duijn is ook een vrijgezel. Ze zijn min of meer bevriend... drinken samen wel eens een whisky.'
'En?'
'Pieter van Duijn kent de affaire Jeanne van Ark... weet, dat ze een paar dagen bij Marinus Kleijn in zijn woning heeft vertoefd. Volgens Pieter van Duijn was Marinus Kleijn waanzinnig verliefd op Jeanne geworden. Die meid beheerste zijn hele denken. Hij had in alle ernst tegen Pieter van Duijn gezegd: "Ik laat haar niet langer als hoer zitten... als ze niet mee teruggaat... maak ik haar af".'

Commissaris Buitendam, de lange, statige politiechef van het bureau Warmoesstraat, wuifde met een slanke hand.
'Ga zitten, De Cock,' sprak hij geaffecteerd. De grijze speurder keek hem verwonderd aan. De commissaris, zo vond hij, zag er opvallend goed uit. Er lag kleur op zijn anders zo vale wangen en zijn ogen straalden. In plaats van een dof grijs kostuum droeg hij een combinatie van een lichtgroene pantalon met een mosgroen colbert. Een veelkleurige stropdas gaf aan zijn kleding een uitbundig accent. De Cock vroeg zich bezorgd af wie of wat die metamorfose tot stand had gebracht.
Gedwee nam hij plaats.
De commissaris liet zich in zijn zetel zakken.
'Waar ben je op dit moment mee bezig, De Cock?' vroeg hij vriendelijk.
De oude rechercheur keek hem even argwanend aan. Een dergelijke benadering van zijn chef kende hij niet. Hij gebaarde wat onzeker voor zich uit.
'Vledder en ik hebben gistermiddag in een pandje op de Achterburgwal het geheel ontklede lijk van een jonge vrouw aangetroffen.'
Buitendam lachte.
'Een moord op een hoer,' riep hij opgewekt. 'Dat moet voor jullie beiden een peuleschilletje zijn.'
De Cock trok zijn gezicht in een sombere plooi.

'Wij... eh, wij betwijfelen of wij haar de kwalificatie "hoer" moeten toedichten. Er zijn omstandigheden, die er op wijzen dat...'
Commissaris Buitendam wuifde een verdere uitleg weg.
'Jullie komen er wel uit,' riep hij vrolijk.
'Dat hopen wij.'
Commissaris Buitendam verschoof iets aan zijn stropdas.
'Ik heb gisteren hier al kennis mogen maken,' sprak hij gezwollen, 'met een jonge vrouw, die aan onze hoofdcommissaris schriftelijk de wens te kennen heeft gegeven om haar stageperiode bij ons aan de Warmoesstraat door te brengen. Ze kwam zich aan mij voorstellen.'
De Cock plukte aan zijn onderlip.
'Stage... als wat?'
Buitendam richtte zich vrolijk op.
'Rechercheur. Haar theoretische opleiding is bijna voltooid en ze wil haar kennis nu aan de praktijk toetsen.'
De commissaris zweeg even.
'Het was tevens haar wens om die praktijk aan de zijde van jou en Vledder op te doen.'
De Cock keek hem geschrokken aan.
'Nee toch?'
Buitendam knikte.
'Een koppel met zoveel ervaring moet voor haar een ideale leerstoel zijn.'
De Cock likte aan zijn droog geworden lippen.
'Ik vrees dat Vledder en ik...'
Commissaris Buitendam luisterde niet. Hij nam de hoorn van de telefoon op zijn bureau, draaide een intern nummer en riep: 'Laat haar komen.'
De Cock draaide zich half in zijn stoel om en keek gespannen naar de deur. Het duurde nog geen minuut.
Toen zwaaide die open. In de deuropening stond...
Gabriëlle de Poortere.
Op haar lange benen wiegde ze naderbij. Een glimlach danste om haar mond.
Commissaris Buitendam kwam opmerkelijk kwiek achter zijn bureau vandaan, reikte haar de hand en wees naar De Cock, die van zijn stoel was opgestaan.
'Moet ik hem nog aan u voorstellen?' vroeg hij vrolijk.

Gabriëlle de Poortere schudde haar hoofd. Haar blonde haren wuifden langs haar gezicht.
'De beste speurder van de stad.'
De oude rechercheur keek naar Buitendam. In zijn ogen lag een smekende blik.
'Hebt u voor ons geen andere?'
Buitendam lachte.
'Waarom? Het moet voor jullie toch een feest zijn om met zo'n... eh, zo'n mooie, zo'n bevallige jonge vrouw op pad te gaan?'
'Ik had liever geen enkele stagiaire,' antwoordde De Cock weifelend. 'Maar als het toch moet... een... eh, een minder mooie. Ziet u, deze kost Vledder zeker de helft van zijn gezichtsvermogen.'
Commissaris Buitendam keek hem niet-begrijpend aan.
'De helft van zijn gezichtsvermogen?' vroeg hij verward.
De Cock knikte.
'Hij zal voortdurend een oogje aan haar wagen.'
Het gezicht van de commissaris betrok. Hij kon het simpele grapje niet waarderen. Woedend strekte hij zijn arm naar de deur.
'Eruit.'
De Cock ging.

6

Toen De Cock in de recherchekamer terugkwam, keek Vledder hem bezorgd aan. 'Wat is er gebeurd? Je ziet eruit alsof je een pak slaag hebt gehad.'
De oude rechercheur liet zich in zijn stoel achter zijn bureau zakken.
'Dat pak slaag klopt... we krijgen een leerling op ons dak.'
Vledder trok zijn neus iets op.
'Een *leer-ling*?' Het was alsof hij een vies woord uitsprak. 'Wie heeft dat bedisseld?'
De Cock duimde over zijn schouder.
'De commissaris. Daarvoor moest ik bij hem komen. Buitendam was helemaal uit zijn doen. Gekleed als een dressman, klaar voor een fotosessie, kwam hij er jubelend mee voor de dag.'
Vledder knikte met een grijns op zijn gezicht.
'Ik heb hem vanmorgen gezien,' gniffelde hij. 'Potsierlijk. In pastelgroene tinten en een bonte lawaaidas.' De jonge rechercheur zweeg even, en vroeg toen: 'Wat is het voor een vent?'
'Wie?'
'Die leerling?'
De Cock schudde zijn hoofd.
'Het is geen vent. Het is een vrouw.'
Vledder keek verschrikt op.
'Nee toch?'
De Cock lachte hartelijk.
'Dat was ook mijn eerste reactie.'
'Hoe ziet ze eruit?'
'Mooi... te mooi.'
Vledder grinnikte.
'Is dat een bezwaar?' vroeg hij vrolijk.
De Cock knikte.
'Als wij 's avonds met haar over de Wallen lopen,' antwoordde hij somber, 'kunnen de hoertjes hun tenten wel sluiten.'
'Zo erg?'
De Cock zuchtte.
'Nog erger.'
'Wat doet zo'n schoonheid bij de politie?'
'Weet ik veel.'

'Hoe heet ze?'
'Gabriëlle... Gabriëlle de Poortere.'
Vledder keek hem gretig aan.
'Zal ik haar onder mijn hoede nemen?'
'Best.'
'Wanneer komt ze?'
De Cock schoof zijn dikke onderlip naar voren.
'Ik denk al met ingang van vandaag. Ze zal straks wel aan de arm van de commissaris de recherchekamer komen binnenhuppelen om kennis te maken.'
De oude rechercheur grinnikte.
'Maar dat weet ik niet zeker. Mijn onderhoud met Buitendam eindigde nogal abrupt.'
Vledder grijnsde.
'Je werd van zijn kamer gestuurd?'
'Zoals gebruikelijk.'
'Waar zij bij was?'
'Inderdaad.'
Vledder lachte uitbundig.
'Dan heeft ze haar eerste les al gehad.'
De Cock reageerde niet. Hij overwoog hoe hij de mooie jonge Gabriëlle de Poortere kon inpassen. De grijze speurder voelde zich als rechercheur al jaren een vrijbuiter, die zich weinig bekommerde om wettelijke regels en voorschriften. Vledder had soms zijn bedenkingen, maar accepteerde toch volledig zijn inzichten en werkwijze.
De jonge rechercheur onderbrak zijn overpeinzingen. Hij gebaarde naar de notities voor zich op zijn bureau.
'Wat doen we met het verhaal van die Pieter van Duijn?'
De Cock wreef zich achter in zijn nek.
'Heb je die Marinus Kleijn nagetrokken?'
Vledder knikte.
'Er is niets ten nadele van hem bekend. Een keurige, oppassende man met een blanco strafregister.'
De Cock beet peinzend op zijn onderlip.
'We kunnen die aanwijzing niet verwaarlozen,' sprak hij bedachtzaam. 'Ik ben in mijn lange loopbaan nog nooit een echte crime passionnel tegengekomen, maar het is niet uitgesloten dat de slome Marinus Kleijn door ongedachte emoties werd gedreven. De misdaadliteratuur kent daarvan vele voorbeelden.'

Vledder keek hem onderzoekend aan. De toon van zijn oude collega maakte hem argwanend.
'Jij ziet er zelf weinig heil in?'
De Cock zwaaide afwerend.
'Ik zie geen enkele reden om hem zonder meer uit te sluiten. Marinus Kleijn past in het beeld. Jeanne van Ark werd ontkleed aangetroffen. Het is heel goed mogelijk dat hij haar tijdens hun samenzijn heeft gewurgd.'
Vledder gebaarde voor zich uit.
'Maar dan toch eerst nadat zij geweigerd had om met hem mee te gaan?'
De Cock knikte.
'Zo ongeveer,' antwoordde hij aarzelend. 'Er zijn geen getuigen. We weten niet wat zich in dat kamertje heeft afgespeeld. Maar het is opvallend, dat hij al kort na het ontdekken van het lijk op de gracht aanwezig was.'
'Kunnen we hem als verdachte beschouwen?'
De Cock trok een bedenkelijk gezicht.
'Die enkele aanwijzing van Pieter van Duijn is daarvoor onvoldoende. Het is niet meer dan een loze kreet. Met de feitelijke uitvoering heeft het niets te maken.'
De grijze speurder staarde even voor zich uit.
'Het lijkt mij het beste,' ging hij verder, 'dat jij... eventueel in gezelschap van... eh, onze nieuwe leerling... hem vanmiddag eens aan de tand gaat voelen. Ik verwacht weinig weerstand van de boekverkoper. Hij is niet het type van een harde crimineel. Als Marinus Kleijn Jeanne van Ark heeft vermoord, dan zal hij vermoedelijk snel bekennen.'
De oude rechercheur kwam uit zijn stoel overeind en slenterde naar de kapstok.
Vledder kwam hem na.
'Waar ga jij heen?'
De Cock draaide zich half om.
'Een moeder vragen of ze weet waar haar zoon is.'
Vledder keek hem vragend aan.
'Welke zoon?'
De oude rechercheur antwoordde niet. Hij wurmde zich in zijn regenjas en vatte zijn hoedje.
'Heb je dokter Rusteloos al aan de lijn gehad?'

'Ja.'
'Hoe laat is de sectie?'
'Half twaalf.'
De Cock wreef over zijn kin.
'Ik weet niet of Gabriëlle de Poortere vanmorgen al aan ons wordt toegevoegd, maar mocht ze op tijd komen... neem haar dan mee.'
Vledder reageerde geschokt.
'Naar de autopsie?' vroeg hij ongelovig.
De Cock keek hem aan.
'Geloof jij niet in emancipatie?'

De Cock slofte op zijn gemak van de Warmoesstraat via de Sint Olofspoort naar de Prins Hendrikkade. Door tomeloze inzet van enkele hotel- en restauranthouders was de beruchte kop van de Zeedijk opnieuw in zijn oude glorie hersteld. Het pleintje bood na jaren weer een veilig, vrolijk aanzien.
Bij het Open Havenfront bleef de oude rechercheur even staan en keek met genoegen naar het fraaie houten gebouw van het Noord-Zuidhollands Koffiehuis, pronkend in de felle zon. De Cock hield van zijn stad en Amsterdam bleef voor hem, ondanks de alsmaar stijgende misdaad, die liefde ten volle waard.
Alleen, zonder Vledder in zijn kielzog, voelde hij zich even bevrijd van de druk die zijn beroep met zich meebracht. Toch baarde de moord op Jeanne van Ark hem zorgen. De omstandigheden waaronder hij haar lijk had aangetroffen, zinden hem niet.
Op het Stationsplein blikte hij gewoontegetrouw om zich heen naar het gilde zakkenrollers en bagagedieven. Toen hij niets verdachts kon ontdekken, stapte hij in lijn 13.
Via de Nieuwezijds Voorburgwal, achter het Koninklijk Paleis om, volgde de tram de Raadhuisstraat, reed langs de oude Westertoren naar de Rozengracht en bereikte via de De Clercqstraat de rumoerige Jan Evertsenstraat. Op het Mercatorplein stapte hij uit. Het rechthoekige plein zag er feestelijk uit. De vele roze prunussen stonden in bloei.
De Cock kende dit gedeelte van Amsterdam-West heel goed.
In een ver verleden had hij er tal van onderzoeken verricht. Inbrekers die in de binnenstad opereerden, woonden vaak in deze buurt.
Hij plukte uit het borstzakje van zijn colbert een verkreukelde notitie, las het adres en slenterde naar de Van Spilbergenstraat. De

straat, vond hij, was niet meer zo mooi en schoon als vroeger.
Voor nummer 735 bleef hij staan. Na een korte aarzeling drukte hij op de bel.
Mevrouw Lefeberus keek hem met een mengeling van verwondering en wantrouwen aan. Ze knoopte haar zijden kimono vast en schikte iets aan haar kapsel. Uit haar helgroene ogen straalde een blik van herkenning.
'Wat kom jij doen?'
De Cock nam zijn hoedje af en schonk haar zijn beminnelijkste glimlach. 'Ik was benieuwd hoe het met je ging.'
'Met mij... met mij gaat het best.'
De Cock glimlachte opnieuw.
'En ik wilde eens met je praten... over vroeger.'
Mevrouw Lefeberus deed de deur verder open en liet hem binnen.
'Vroeger is dood.'
De Cock liep haar voorbij naar de woonkamer. Mevrouw Lefeberus deed de deur achter zich dicht en sjokte op haar te grote pantoffels achter hem aan.
Ze gebaarde naar een lage fauteuil bij het raam. De bekleding vertoonde vele slijtplekken.
'Ik heb inmiddels een nieuw ameublement gekocht,' sprak ze schor, 'maar zijn oude stoel heb ik niet weggedaan.'
De Cock keek haar vertederd aan.
'Het verleden is niet dood.'
Mevrouw Lefeberus schudde meewarig haar hoofd.
'Ondanks al zijn sores,' sprak ze vergoelijkend, 'heb ik nooit een slecht leven bij Karel gehad. Je leefde alleen steeds in angst dat er zo'n vent als jij voor de deur stond om hem op te halen.'
Ze wees opnieuw naar de fauteuil.
'Jij mag daar wel gaan zitten.' Het klonk als een gunst.
De Cock liet zich in de fauteuil zakken en legde zijn hoedje naast zich op het tapijt.
'Hoe lang is het nu geleden?' vroeg hij belangstellend.
Mevrouw Lefeberus nam tegenover hem plaats en trok de panden van haar kimono over haar knieën.
'De tijd vliegt... in maart was het alweer veertien jaar.' Ze zweeg even en keek De Cock kritisch observerend aan. 'Je bent ouder geworden,' stelde ze sober vast. 'Er zijn heel wat kraaiepootjes bijgekomen.'

De oude rechercheur grijnsde.
'Ik ben aan een facelift toe.'
Mevrouw Lefeberus lachte niet.
'Hoe lang ben je al rechercheur?'
'Bijna dertig jaar.'
'Hoe vaak heb jij Karel gearresteerd?'
De Cock maakte een verontschuldigend gebaar.
'Slechts één keer... en ik was er bij toen ze hem wegdroegen.'
Mevrouw Lefeberus knikte.
'Op jouw aanraden,' sprak ze zacht, 'ben ik destijds niet meer naar hem gaan kijken. Achteraf heb ik daar wel eens spijt van.'
De Cock schudde zijn hoofd.
'Het was geen prettig gezicht,' reageerde hij kalm. 'Het leek mij beter dat je je hem herinnerde zoals hij was... gaaf.'
Mevrouw Lefeberus tastte met haar blik opnieuw zijn gelaatstrekken af. 'Ben je echt alleen maar gekomen om over het verleden te kletsen?'
De Cock negeerde haar vraag.
'Heb je vanmorgen de krant gelezen?'
Mevrouw Lefeberus schudde haar hoofd.
'Ik lees 's morgens geen krant.'
'Jeanne van Ark is dood.'
Over de bleke vlezige wangen van mevrouw Lefeberus zwiepte een zenuwtrek.
'Kwam ze onder de tram?' vroeg ze onverschillig.
De Cock keek haar scherp aan.
'Ze werd vermoord.'
Mevrouw Lefeberus staarde hem secondenlang uiterlijk onbewogen aan.
'Het zat erin.'
De Cock wapperde met zijn linkerhand.
'Is dat je enige commentaar?'
In zijn stem trilde ergernis.
Mevrouw Lefeberus trok haar schouders op.
'Ik ben er niet kapot van. Ze was een sloerie. Er zijn er genoeg die haar bloed wel konden drinken. Ze heeft ook mijn Benny naar de gallemieze* geholpen.'

* Naar de gallemieze helpen; iemand te gronde richten.

Plotseling veranderde ze van toon. Haar wantrouwen kwam terug. Ze boog zich iets naar voren.
'Behandel jij die moord?'
'Ja.'
'En nu zit je achter Benny aan?'
De Cock keek haar onderzoekend aan.
'Vind je dat vreemd?'
Mevrouw Lefeberus knikte.
'Dan ben je verkeerd bezig,' sprak ze ernstig. 'Mijn Benny is overal voor in... noem maar op. Maar moord... iemand doodmaken... nee. Die jongen kan geen vlieg kwaad doen. Als hij met zijn auto rijdt en er zit midden op de weg een mus aan een korstje brood te knabbelen, dan remt hij voor dat vogeltje.'
De Cock gebaarde in haar richting.
'Jij zult hem beter kennen dan ik.'
Mevrouw Lefeberus knikte traag voor zich uit.
'Ik ben zijn moeder.'
De Cock ademde diep.
'Ik wil met Benny praten.'
'Wat houdt je tegen?'
'Ik weet niet waar ik hem kan vinden.'
Mevrouw Lefeberus schonk hem een moede glimlach.
'En daar heb je mij voor nodig?'
'Precies.'
Mevrouw Lefeberus grinnikte vreugdeloos.
'En jij verwacht dat ik je daarbij help?'
De Cock knikte overtuigend.
'Dat verwacht ik,' antwoordde hij vlak. 'Als jij in je hart er van overtuigd bent dat Benny met die moord op Jeanne van Ark niets heeft te maken... waarom zou je dan geen ontmoeting tussen hem en mij arrangeren?'
Om de mond van mevrouw Lefeberus danste een grijns.
'Om jou de gelegenheid te geven hem te arresteren?'
De Cock keek haar doordringend aan.
'Voor een moord die hij niet heeft begaan? Ik dacht dat jij mij beter kende.'

De Cock slofte de Van Spilbergenstraat uit. Hij had geen lust om opnieuw een hobbelende rit in een overvolle tram te maken. Op zijn

gemak kuierde hij naar de Postjesweg en slenterde vandaar naar de Kinkerstraat.
De oude rechercheur vroeg zich af of zijn benadering van mevrouw Lefeberus juist was geweest. Uit het verleden kende hij haar als een vrouw die met recht en wet goed wist om te gaan. Misschien was haar visie juist en had haar zoon Benny niets met de moord op Jeanne van Ark uitstaande. Maar De Cock zag in hem toch een directe weg naar de dader.
De vader van Benny kwam terug in zijn gedachten. Karel Lefeberus was een inbreker van de oude stempel, stammend uit een tijd dat de penoze nog codes kende en hanteerde. Hij en Handige Henkie waren vaklieden, professionals, die een kraak terdege voorbereidden en de risico's voor henzelf en anderen tot een minimum beperkten.
Toen de brandkasten steeds gecompliceerder werden en met eenvoudige middelen niet meer waren te kraken, gaf Handige Henkie zich gewonnen en koos voor het smalle pad der deugd.
Karel Lefeberus was een man die niet van opgeven wilde weten. Hij was een van de eersten die springstof gebruikten. Het werd zijn dood.
Met Handige Henkie onderhield de grijze speurder nog steeds een goede band en hij koesterde het apparaatje dat hij eens van zijn vriend en ex-inbreker had gekregen... een koperen houdertje met uitschuifbaar een keur van stalen sleutelbaarden. Soms, wanneer de omstandigheden dat eisten, maakte hij er dankbaar gebruik van.
Aan het eind van de drukke Kinkerstraat nam De Cock de brug over de Buitensingelgracht en liep het hoofdbureau van politie aan de Elandsgracht binnen.
De oude rechercheur verlummelde zijn tijd met enkele korte bezoekjes aan bedaagde collega's, die net als hij reeds dicht tegen hun pensioen aan leunden, wisselde met hen wat ervaringen uit en lichtte uiteindelijk bij de Herkenningsdienst een recente foto van Mooie Benny. Bovendien nam hij het strafblad van de jonge Lefeberus nauwkeurig door.

Het was al laat in de middag toen hij aan de Warmoesstraat terugkwam.
Toen hij de brede hal van het oude politiebureau binnenliep, bleef hij verwonderd staan. Er heerste een nerveuze, koortsachtige drukte. Journalisten en fotografen verdrongen zich op de stenen trap.

De Cock liep naar de balie en tikte Jan Kusters op zijn schouder. Hij wees naar de menigte op de trap.
'Wat is hier aan de hand?'
De wachtcommandant draaide zich half om.
'Commissaris Buitendam houdt een persconferentie.'
De Cock grijnsde.
'Is hij bevorderd... hebben ze eindelijk een hoofdcommissaris van hem gemaakt?'
Het klonk spottend.
Jan Kusters schudde zijn hoofd.
'De moord op Jeanne van Ark is opgelost.'
De mond van De Cock viel open.
'Opgelost,' riep hij ongelovig.
De wachtcommandant knikte.
'Vledder, jouw assistent, en die nieuwe vrouwelijke leerling van jullie hebben vanmiddag in zijn woning de moordenaar van Jeanne van Ark gearresteerd.' Hij duimde over zijn schouder. 'Hij zit hier in de cel.'
Het duurde even voordat de oude rechercheur van zijn verbazing was bekomen.
'Wie is het?'
Jan Kusters bukte zich en raadpleegde een aantekening voor zich op zijn bureau.
'Marinus Kleijn.'

7

De Cock liep van de balie weg. In de hal wachtte hij geduldig tot de horde journalisten en fotografen door de kamer van de commissaris was opgeslokt. Daarna draalde hij nog een poosje. Besluiteloos. Uiteindelijk drukte hij traag en met een gefronst voorhoofd zijn negentig kilo langs de stenen trappen omhoog.
Hoewel hij puur beroepsmatig Marinus Kleijn als dader nooit geheel had uitgesloten, was de wat wereldvreemde boekverkoper naar zijn gevoel niet een man die tot een gruwelijke moord in staat was. Bezorgd vroeg hij zich af of zijn intuïtie, die hij in het verleden vaak blindelings was gevolgd, ditmaal had gefaald... of hij Marinus Kleijn toch verkeerd had ingeschat. De twijfel maakte hem onzeker.
Toen hij de grote recherchekamer binnenstapte, zag hij Vledder wat verloren achter zijn bureau zitten. De grijze speurder liep naar hem toe en keek zijn jonge collega verwonderd aan.
'Moet jij niet bij de persconferentie zijn?' vroeg hij vriendelijk.
Vledder schudde zijn hoofd.
'Ik ben weggelopen,' verzuchtte hij. 'Ik kon het niet langer aanhoren. Ik werd er onpasselijk van. Gabriëlle de Poortere zat als een spinnende poes pal naast een opgedofte Buitendam, die haar voortdurend bijna letterlijk over haar fraaie bolletje aaide. Het was gewoon gênant. Commissaris Buitendam stelde haar aan de fotografen en journalisten voor als een lief klein wondertje op recherchegebied... prees haar jeugd, schoonheid en scherpzinnigheid en sprak als zijn persoonlijke verwachting uit, dat de nieuwe generatie jonge speurders in de nabije toekomst de criminaliteit in ons land eindelijk eens gevoelige slagen zou toebrengen.'
De Cock grijnsde.
'Kortom, de ouderen hadden de zaak laten slabakken.'
'Daar kwam het op neer.'
De Cock strekte lachend zijn hand naar Vledder uit.
'Behoor jij niet tot die generatie jonge speurders?' vroeg hij gnuivend.
Vledder ademde diep.
'Blijkbaar niet,' antwoordde hij teleurgesteld. 'Buitendam heeft tegen die jongens van de pers mijn naam geen enkele maal genoemd.

Hij deed net alsof ik er niet bij hoorde... alsof die Gabriëlle de Poortere het onderzoek moederziel alleen... op haar eigen houtje had verricht.'
De Cock knikte begrijpend.
'Gabriëlle is mooi en Buitendam heeft vlinders in zijn buik.'
Vledder schoof zijn onderkin vooruit.
'Wij hebben samen een hele reeks moorden opgelost,' riep hij verongelijkt, 'heeft hij voor ons wel eens een persconferentie belegd?'
De Cock negeerde de vraag.
'Waarom heeft hij het gedaan?'
'Wie?'
'Die Marinus Kleijn?'
Vledder trok zijn schouders op.
'Dat weet ik niet.'
De Cock keek hem verrast aan.
'Hij zal jullie toch een motief hebben genoemd... de reden waarom hij haar wurgde?'
Vledder sloot even zijn beide ogen.
'Marinus Kleijn zegt alleen dat er niets van klopt... dat zijn arrestatie een vergissing is.'
De Cock slikte.
'Hij zit hier beneden in de cel. Waarom hebben jullie hem dan aangehouden.'
'De panty's.'
'Wat is daar mee?'
'Gabriëlle de Poortere vond in zijn nachtkastje twee panty's van dezelfde kleur, maat en merk als die wij om de nek van Jeanne van Ark hebben gevonden.
Marinus Kleijn kon voor de aanwezigheid van die panty's in zijn woning geen verklaring geven. Toen hebben we hem gearresteerd.'
De Cock trok zijn wenkbrauwen naar elkaar toe.
'Hoe wist Gabriëlle de Poortere welke kleur, maat en merk panty er om de hals van Jeanne van Ark zat... ik bedoel... kende zij het moordwapen?'
Vledder knikte.
'Ik had Gabriëlle, zoals jij mij had gezegd, meegenomen naar de gerechtelijke sectie op Westgaarde. Ik was bezorgd... bang, dat ze zou flauwvallen op het moment dat de patholoog-anatoom zijn lancet in het lijk stak. Maar ze bleef er ijskoud onder... stond tien

minuten later, hoogst geïnteresseerd, met haar neus boven op het geopende lijk.'
De Cock grijnsde.
'Een harde tante.'
Vledder knikte opnieuw.
'Geen spoortje angst of nervositeit. Toen dokter Rusteloos de panty van de hals van Jeanne van Ark had verwijderd, vroeg Gabriëlle of ze de panty eens nader mocht bekijken.'
De Cock fronste zijn wenkbrauwen.
'Stond dokter Rusteloos dat toe?'
'Ja.'
'Het is toch gebruikelijk, dat het moordwapen eerst in het laboratorium in Rijswijk op mogelijke sporen wordt onderzocht?'
Vledder maakte een hulpeloos gebaar.
'Gabriëlle zei, dat vrouwen meer verstand hadden van panty's dan mannen.'
De Cock glimlachte.
'Een sterk argument.'
Vledder knikte.
'Dokter Rusteloos maakte geen bezwaar. Hij gaf haar de panty in handen.'
De jonge rechercheur staarde voor zich uit.
'Toch slim van haar.' In zijn stem trilde bewondering. 'Ze wist in de woning van Marinus Kleijn precies waarnaar ze moest zoeken.'

Toen de persconferentie was afgelopen, kwam Gabriëlle de Poortere de grote recherchekamer binnen. Voor het effect bleef ze even in de deuropening staan en schreed toen op haar lange benen naderbij. Op haar gezicht lag een blos van opwinding.
De Cock kwam haastig uit zijn stoel overeind en stak haar zijn hand toe.
'Gefeliciteerd met je eerste succesvolle optreden in ons zo moeilijke recherchevak.'
Gabriëlle de Poortere drukte minzaam zijn hand.
'Dank u,' lispelde ze.
De Cock schoof zijn onderlip vooruit.
'Ik vind het heel knap wat je hebt gedaan.'
Gabriëlle de Poortere schoof een stoel bij en nam daarop plaats. Ze trok haar te korte rok iets naar haar knieën.

'Een zaak van logisch denken,' legde ze glimlachend uit. 'Vledder had mij op weg naar de sectie verteld dat de panty van de naakte Jeanne van Ark werd gevonden bij haar kleding op de stoel van het kamertje waar ze werd vermoord... en dat daaruit de conclusie volgde, dat de dader de panty, die als moordwapen diende, zelf moest hebben meegenomen. Bovendien vertelde Vledder mij onderweg, dat Marinus Kleijn voor Jeanne van Ark, een dag na haar ontsnapping uit de gevangenis in Breda, diverse kledingstukken had gekocht.'
De Cock knikte begrijpend.
'Ook panty's.'
Gabriëlle de Poortere glimlachte.
'Precies... ook panty's. De vraag was hoeveel... hoeveel panty's had Marinus Kleijn voor Jeanne van Ark gekocht? Ik vermoedde meer dan *één* en bedacht de mogelijkheid, dat na het vertrek van Jeanne van Ark een paar van die door hem gekochte panty's in zijn woning waren blijven liggen en dat Marinus Kleijn een van die achtergebleven panty's later als moordwapen had gebruikt.'
De Cock schonk haar een blik vol bewondering.
'En dat klopte.'
Gabriëlle de Poortere knikte.
'Ik vond er twee in zijn nachtkastje.'
De Cock steunde met zijn ellebogen op zijn bureau en vouwde zijn handen. 'Wat... eh, wat zei Marinus Kleijn van die vondst.'
'Niets.'
De Cock veinsde ongeloof.
'Heb je hem er over gehoord?'
'Uiteraard.'
'En?'
'Hij zei dat hij niet wist hoe die panty's in zijn nachtkastje waren gekomen.'
'En verder?'
Gabriëlle de Poortere verschoof iets op haar stoel. Ze raakte zichtbaar geïrriteerd.
'Wat bedoelt u?'
De Cock zuchtte.
'Jullie hebben Marinus Kleijn in zijn woning gearresteerd als verdacht van moord op Jeanne van Ark. Ik neem toch aan, dat jullie hem de reden van zijn aanhouding hebben verteld.'

Gabriëlle de Poortere knikte.
'Toen ik die twee panty's in zijn nachtkastje had gevonden, heb ik ze onder zijn neus gehouden en gevraagd: "Heb je het daarmee gedaan?" Toen keek hij mij onnozel aan en zei: "Wat?" Ik zei: "Jeanne van Ark vermoord." Toen schudde hij zijn hoofd en zei: "Ik was het niet".'
De Cock trok zijn gezicht in een ernstige plooi.
'Hij ontkende.'
Gabriëlle de Poortere sloeg haar slanke benen over elkaar en schonk hem een meelijwekkend lachje.
'Welke moordenaar bekent direct?'
Het klonk spottend.
De Cock wreef met zijn vlakke hand over zijn breed gezicht. Van tussen zijn gespreide vingers bezag de oude rechercheur de harde blik in haar helblauwe ogen.
'Er zijn moordenaars,' verbeterde hij zacht, 'die niet direct bekennen.'
De grijze speurder wendde zijn blik naar Vledder. Het viel hem op dat die tijdens het onderhoud geen enkele opmerking had gemaakt. De jonge rechercheur merkte de veranderde aandacht van De Cock niet. Strak, bijna gebiologeerd, bleef zijn blik op Gabriëlle de Poortere gericht.
Het ergerde De Cock dat Vledder het initiatief bij het onderzoek naar Marinus Kleijn geheel aan Gabriëlle de Poortere had gelaten en vroeg zich bezorgd af of ook hij... net als Buitendam... onder de bekoring van haar schoonheid was geraakt.
Hij keek omhoog naar de grote klok boven de toegangsdeur van de recherchekamer.
'Marinus Kleijn zal zijn schamel avondmaal in zijn cel inmiddels hebben genuttigd. Haal hem straks maar boven voor een verhoor.'
Gabriëlle de Poortere boog zich naar hem toe.
'Doet u dat verhoor?'
De Cock schudde zijn hoofd en spreidde zijn beide handen.
'Het is aan jou en Vledder om jullie succes in deze zaak compleet te maken... met een volledige bekentenis van de dader.'
Gabriëlle de Poortere keek hem aan. Er flitste iets in haar ogen. 'U kunt dat beter. Ongetwijfeld. Ik... eh, ik heb geen enkele ervaring in...'
Verder kwam ze niet. Er werd geklopt, en voor Vledder kon reage-

ren, stapte een jongeman de recherchekamer binnen. Even schokte zijn linkerschouder. Toen liep hij met grote stappen op Gabriëlle de Poortere toe.
De jonge vrouw kwam van haar stoel omhoog. De jonge man vatte haar bij beide armen vast en kuste haar driemaal op haar wangen.
'Gefeliciteerd,' jubelde hij. 'Gefeliciteerd met je arrestatie van een moordenaar. Ik hoorde het op Meer en Vaart en heb direct aan mijn mentor toestemming gevraagd om naar je toe te komen.'
Hij wendde zich tot De Cock.
'Is ze niet geweldig?'
De oude rechercheur glimlachte.
'Dat is ze,' beaamde hij.
Hoewel Stephan van den Berg in plaats van een slobberig zwart jack nu een keurig colbert droeg, had De Cock hem onmiddellijk herkend.
'Jij bent ingedeeld bij bureau Meer en Vaart?' vroeg hij belangstellend.
Op het gezicht van Stephan van den Berg kwam een smartelijke trek.
'Ik had geen inspraak. Het werd Meer en Vaart. Een beetje aan de rand van de stad. Wat saai. Niet zo spectaculair als de Warmoesstraat.'
'Wie is daar je mentor?'
'Hans Rijpkema. Net als u al een beetje op leeftijd. Maar een aardige man... vriendelijk, geduldig. Hij kent u goed. Hij zegt dat hij vroeger dikwijls met u heeft samengewerkt.'
De Cock plukte aan het puntje van zijn neus.
'Nog geen moordenaar gearresteerd?' vroeg hij lachend.
Stephan van den Berg schudde zijn hoofd.
'Ik ben niet zo gelukkig als Gabriëlle.' Hij zwaaide vrolijk in haar richting. 'Ze was op cursus al steengoed. Geef haar de ruimte. Dan kunt u nog veel plezier aan haar beleven.'
'Dat hopen wij.'
Stephan van den Berg staarde even nadenkend voor zich uit. 'Wie had die vent vermoord?'
Gabriëlle de Poortere trok achteloos haar schouders op.
'Ene Jeanne van Ark... voortvluchtig leidster van een soort overvalbende. Ze schijnt al eens iemand te hebben doodgeschoten.'
Het gezicht van Stephan van den Berg betrok. Hij krabde zich achter het oor. 'Jammer. Je hebt een beter slachtoffer verdiend.'

Gabriëlle de Poortere maakte een hulpeloos gebaar.
'Het ligt niet aan mij,' sprak ze verontschuldigend. Ze knikte in de richting van Vledder en De Cock. 'Zij waren al met het onderzoek bezig.'
De oude rechercheur voelde een lichte wrevel in zich opborrelen.
'Wat mankeert er aan het slachtoffer?' vroeg hij geprikkeld.
Stephan van den Berg grinnikte vreugdeloos.
'Het is toch spijtig dat Gabriëlle haar intelligentie heeft verspild aan een moord die men in feite had moeten negeren.'
De Cock trok een vies gezicht.
'Negeren... een moord?'
In zijn stem trilde ongeloof.
Stephan van den Berg spreidde zijn beide handen.
'De gevestigde rechercheurs... waartoe u al jaren behoort... werken niet efficiënt genoeg.'
De Cock maakte een grimas.
'Wat mankeert daar aan?'
Stephan van den Berg zwaaide wild voor zich uit.
'Jullie moeten veel selectiever te werk gaan. Het is geen wonder dat de criminaliteit jaar op jaar stijgt. Het is toch zinloos om tijd en aandacht te besteden aan de moord op zo'n vrouw.'
'Je bedoelt... een vrouw met zo'n verleden?'
Stephan van den Berg knikte nadrukkelijk.
'Jullie moeten de moordenaar dankbaar zijn, dat hij bereid was om een deel van de gerechtelijke taak van de overheid op zich te nemen.'
De Cock keek hem verbijsterd aan. De uitlatingen van Stephan van den Berg deden hem pijn. Hij herinnerde zich plots een soortgelijke discussie met zijn jonge collega Vledder, kort nadat het verleden van Jeanne van Ark aan het licht kwam.
'Hoe kom je aan die denkbeelden?' vroeg hij geschokt. 'Hebben ze jullie die op de cursus bijgebracht?'
Stephan van den Berg grijnsde.
'De docenten op school zitten ook vast aan verouderde normen en waarden. Die durven niet voor hun mening uit te komen. Dat kun je ze niet kwalijk nemen, anders verliezen ze hun job.'
Hij zwaaide opnieuw met zijn beide armen.
'Het is toch te zot,' ging hij geëmotioneerd verder. 'Drugshandelaren, dieven, moordenaars... ze kunnen in ons land vrijwel onbelemmerd en ongestraft hun verderfelijk handwerk uitoefenen.'

De Cock maakte een afwerend gebaar, maar de oude rechercheur vermocht de woordenstroom van Stephan van den Berg niet te stuiten.
'Criminelen,' betoogde de jongeman hartstochtelijk, 'worden uitgebreid bij de wet beschermd en een heel regiment van advocaten houdt toezicht dat hen geen haar wordt gekrenkt.'
Stephan van den Berg strekte zijn hand naar De Cock uit.
'En jullie... zogeheten wetshandhavers... aan handen en voeten gekluisterd aan regels en voorschriften die niet meer van deze tijd zijn. En pas op dat je geen stompzinnig regeltje vergeet... hel en verdoemenis worden over je uitgestort.'
De Cock luisterde geduldig toe. Het leek hem het beste om de jongeman te laten uitrazen.
Stephan van den Berg zuchtte diep.
'Het is een oneerlijke, ongelijke strijd. Wanneer de overheid het niet alleen met de mond beleidt... maar waarlijk ernstig meent dat de misdaad moet worden bestreden, dan moeten aan jullie nu... en later aan ons... de mogelijkheden worden geboden om gebruik te maken van dezelfde middelen als die de misdaad toepast.'
De Cock keek hem strak aan.
'En ook moordenaar worden?'
Stephan van den Berg klemde zijn lippen op elkaar.
'Desnoods.'
Er viel een diepe stilte.
Ineens rinkelde de telefoon.
Vledder nam de hoorn op en luisterde. Hij keek omhoog naar De Cock.
'Het is voor jou.'
De oude rechercheur nam de hoorn over. Hij herkende de stem van mevrouw Lefeberus. Na een paar seconden legde hij met een bleek gezicht de hoorn op het toestel terug.
Vledder keek hem vragend aan.
'Wat is er?'
De Cock antwoordde niet direct, hij nam even de tijd om het bericht te verwerken.
'Wat is er?' herhaalde Vledder.
'Mooie Benny is dood,' antwoordde hij toonloos.
'Vermoord?'
De Cock knikte.
'Een panty om zijn nek.

8

Met Vledder aan het stuur reden ze met hun Golf van de houten steiger achter het politiebureau aan de Warmoesstraat weg. Het was zwoel, zoet, zomerzacht weer. Een laaghangende zon wierp lange schaduwen over het troebele water van het Damrak.
De jonge rechercheur blikte opzij.
'Welke kant op?'
De Cock maakte een hoofdbeweging naar rechts.
'Richting Spaarndammerbuurt.'
Op de rijbaan van het Damrak was het restje van de avondspits nog duidelijk merkbaar. Ver voor ze de brede rijbaan van de Prins Hendrikkade hadden bereikt, raakten ze al vast in een file.
De Cock maakte zijn veiligheidsgordel wat losser en liet zich onderuitzakken. Op zijn breed gezicht vol diepe groeven lag een norse trek. Het bericht van de moord op Mooie Benny had hem diep getroffen. De oude rechercheur vocht met een vreemd, onbehaaglijk gevoel, dat hij voor de dood van de jongeman mede verantwoordelijk was. Hij trachtte dat gevoel te analiseren... zocht naar de oorzaak, maar vond die niet.
De gestalte van mevrouw Lefeberus in haar zijden kimono kwam even terug op zijn netvlies. Benny, zo wist hij, was haar enige zoon.
Vledder onderbrak zijn gedachten.
'Er zit geen schot in die file,' riep hij ongeduldig.
'Zal ik de sirene aanzetten?'
De Cock schudde zijn hoofd.
'Of wij nu vijf minuten eerder of later ter plekke zijn,' sprak hij gedragen. 'Het verandert niets aan de situatie. Op aarde is dood eeuwig en onomkeerbaar.'
Vledder keek hem bezorgd aan.
'Wat ben je somber?'
De Cock maakte een droevige grijns.
'Ik heb dat... soms.'
'Weet je waar we moeten zijn?'
De Cock knikte.
'Nut en Genoegen.'
Vledder maakte een hulpeloos gebaar.
'Wat is dat?'

De Cock drukte zich iets omhoog.
'Een mooi volkstuinenpark met schitterende tuinhuisjes. Een betaalbaar lusthof en voor de arme man.' Hij zweeg even en schudde zijn hoofd. 'En een van de weinige tuincomplexen die de Amsterdamse gemeenteraad nog niet voor woningbouw heeft opgeëist.'
'Waar ligt dat Nut en Genoegen?'
De Cock schudde afkeurend zijn hoofd.
'Het wordt tijd,' gromde hij, 'dat je Amsterdam beter leert kennen. Nut en Genoegen ligt aan het Overbrakerpad. En als je niet weet waar je het Overbrakerpad kunt vinden, dan rij je naar Sint Barbara*. Ik hoop dat je je die oude begraafplaats nog herinnert?'
Vledder reageerde niet. Een poosje reden ze zwijgend voort.
Gabriëlle de Poortere, op de achterbank van de Golf, tikte De Cock op zijn schouder.
'Waarom mocht Stephan niet mee?'
De oude rechercheur draaide zich half om.
'Ik wil geen moeilijkheden met mijn oude vriend Hans Rijpkema. Stephan van den Berg is zijn leerling en het is niet gebruikelijk...'
Vledder onderbrak hem.
'Wie belde jou?'
'Mevrouw Lefeberus.'
'De moeder van Mooie Benny?'
'Ja.'
'Ken jij die?'
De Cock knikte traag.
'Van vroeger... van heel vroeger. Haar man was in zijn tijd een bekend inbreker. Een van de eersten die springstof gebruikten om een brandkast te kraken. Ik heb mevrouw Lefeberus vanmorgen in haar woning aan de Van Spilbergenstraat opgezocht.'
'Waarom?'
De Cock wreef zich achter in zijn nek.
'Ik hoopte via Mooie Benny op het spoor van de moordenaar van Jeanne van Ark te komen. Daarom vroeg ik haar of zij voor mij een gesprek met haar zoon wilde arrangeren.'
De oude rechercheur maakte een mistroostig gebaar.
'Ik wist toen nog niet dat jullie de moordenaar van Jeanne van Ark al hadden gearresteerd.'

* Zie *De Cock en het duel in de nacht.*

Vledder negeerde de opmerking.
'Zijn moeder heeft hem gevonden?'
De Cock knikte.
'In haar tuinhuisje op Nut en Genoegen. Ze was naar hem toe gegaan om dat gesprek met mij voor te bereiden. Ik denk dat Mooie Benny zich in dat tuinhuisje verborgen hield.'
Vledder keek hem verrast aan.
'Waarom *ver-bor-gen*? Voor zover ik weet wordt hij niet gezocht... loopt er geen opsporingsbericht.'
De Cock grijnsde.
'Penozejongens hebben vaak nog andere vijanden dan de politie.'
Vledder fronste zijn wenkbrauwen.
'Je bedoelt, dat hij wist of vermoedde dat iemand zijn dood zocht?'
De Cock trok zijn schouders op.
'We kunnen het hem niet meer vragen, maar ik neem aan dat een simpel tuinhuisje niet zijn vaste woon- of verblijfplaats was.'
Gabriëlle de Poortere tikte de oude rechercheur opnieuw op zijn schouder.
'Hoe lang is die... eh, die Mooie Benny al dood?'
De Cock draaide zich naar haar toe.
'Geen flauw idee. Ik hoop dat dokter Den Koninghe daar iets van kan zeggen.'
Gabriëlle de Poortere glimlachte.
'Als hij net als Jeanne van Ark met een panty is gewurgd en langer dan acht tot twaalf uur dood is, dan hoeven we de moordenaar niet ver te zoeken.'
De Cock keek haar niet-begrijpend aan.
'Jij weet dan waar hij is?'
Gabriëlle de Poortere knikte.
'In een cel in het politiebureau aan de Warmoesstraat.'
'Je bedoelt Marinus Kleijn?'
Gabriëlle de Poortere schonk hem een spottend lachje.
'Is dat zo moeilijk?'

De late avondzon streelde de bloemen in de tuin en het geurde naar lavendel. Over een smal tegelpad liepen ze op het tuinhuis toe. De Cock voorop. Vledder en Gabriëlle in zijn kielzog.
Mevrouw Lefeberus stond in de deuropening. Ze droeg een geruit mantelpakje en haar voeten staken in een paar plompe wandelschoe-

nen. Toen de stoet naderbij kwam, strekte ze haar rug en hield haar armen strak langs haar lichaam. Om haar mond lag een harde trek. De Cock nam zijn hoedje af en hield het voor zijn borst. Daarna liet hij zijn hoofd enkele seconden zakken. Toen hij opkeek benijdde hij dominees en priesters, die voor dergelijke momenten de juiste woorden kennen.
'Ligt hij binnen?' vroeg hij hees.
Mevrouw Lefeberus antwoordde niet. Haar blik dwaalde langs hem heen over de bloemperken.
'Hier in de tuin heeft hij als kind gespeeld,' sprak ze zacht. Ze strekte haar rechterarm. 'Karel noemde Nut en gegoegen vaak Nut en zwoegen. We hebben hier hard gewerkt. Hij had daar in de hoek een zandbak voor hem gemaakt. Benny was altijd een levendig kereltje.'
Ze draaide zich abrupt om en stapte naar binnen.
De Cock liep haar na. Zijn scherpe blik, gevoelig voor elk detail, dwaalde door het vertrek.
Links tegen de wand, op een smal canvas veldbed, lag een lichaam, bedekt met een hagelwit laken met scherpe strijkvouwen. Naast het veldbed, in een versleten rieten armstoel, lag wanordelijk een bundeltje kleren.
Op een ruwhouten tafel bij het raam stond een vierkante halfvolle fles jonge jenever tussen twee borrelglaasjes. Een van de glaasjes was groezelig, beduimeld. Het andere was pijnlijk schoon.
Mevrouw Lefeberus wees voor zich uit.
'Hij lag daar in zijn blootje. Helemaal naakt. Benny was erg schaamachtig... als kind al. Ik wilde hem niet zo onbedekt laten liggen. Gelukkig heb ik hier altijd schoon beddegoed in de kast.'
De Cock knikte begrijpend. Hij pakte een punt van het laken en hield het omhoog. Mooie Benny lag op zijn rug en staarde met wijd open ogen naar de zoldering. Zijn mond hing halfopen.
De oude rechercheur bukte zich en hield even de rug van zijn hand tegen de wang van de dode. Daarna sloeg hij het laken verder terug. Tot zijn verwondering lagen de handen van de jongeman gevouwen op zijn borst.
De Cock keek vragend schuin omhoog.
Mevrouw Lefeberus tikte met haar wijsvinger een paar maal op haar borst.
'Dat heb ik gedaan,' sprak ze schor. 'Je weet toch nooit of er een God bestaat. Misschien kan hij nog wat voor die jongen doen.'

De Cock monsterde de uitdrukking op haar gezicht. Het leek hem dat ze haar woorden ernstig had gemeend.
'Ging het gemakkelijk?'
'Wat bedoel je?'
'Zijn handen vouwen?'
Mevrouw Lefeberus schudde haar hoofd.
'Benny wilde er nooit iets van weten... van God of zo. Het was alsof hij in de dood nog tegenstribbelde. Hij hield zijn armen en vingers stijf.'
De Cock knikte voor zich uit.
'Hebt u nog meer dingen veranderd,' vroeg hij vriendelijk, 'nadat u hem vond?'
Mevrouw Lefeberus gebaarde naar het raam.
'Ik ben daarna naar het clubhuis gelopen en heb u vandaar gebeld. Ik heb hier geen telefoon.'
Gabriëlle de Poortere bukte zich over de grijze speurder heen. Haar rechterhand reikte naar de knoedel nylon om de hals van de dode.
'Dezelfde panty,' hijgde ze opgewonden. 'Precies dezelfde panty.'
De Cock hield de hand van de jonge vrouw tegen en drapeerde zonder iets te zeggen het laken weer over het gezicht van de dode. Daarna kwam hij overeind en vatte mevrouw Lefeberus bij de arm. Zachtjes leidde hij haar naar buiten.
'Blijf hier op mij wachten,' sprak hij fluisterend. 'Ik kom zo bij je.'
Terug in het tuinhuis wenkte hij Vledder naderbij.
'Zorg jij voor de meute?' vroeg hij strak, gebiedend. 'Vraag straks aan dokter Den Koninghe of hij iets kan zeggen over het tijdstip van overlijden. Het woord van de lijkschouwer heeft meer gezag dan mijn waarnemingen. Ik ben er van overtuigd, dat Mooie Benny langer dan zes tot acht uur dood is.'
'Waarom?'
'De lijkstijfheid is algemeen.'
Gabriëlle de Poortere mengde zich in het gesprek.
'Ik krijg gelijk!' riep ze indringend. 'Geloof me, ik krijg gelijk. Het was weer Marinus Kleijn. Hij heeft van zijn voorraad panty's...'
De Cock keek haar verstoord aan. Met een geprikkeld gebaar beduidde hij haar te zwijgen. Hij wendde zich opnieuw tot Vledder.
'Laat Bram van Wielingen hem fotograferen zonder een laken om hem heen en vraag of Ben Kreuger dit tuinhuis uitgebreid op vingertjes onderzoekt.'

De oude rechercheur wees naar de tafel bij het raam.
'Wees vooral voorzichtig met die fles jenever en de beide borrelglaasjes. Ze moeten in het lab worden onderzocht. Het zou mij niets verbazen...'
Hij maakte zijn zin niet af, zweeg even nadenkend.
'Voor alle zekerheid... let buiten op braak- en voetsporen.'
Vledder keek hem verwonderd aan.
'Verwacht je die?'
De Cock schudde zijn hoofd.
'Ik vrees dat Mooie Benny zijn moordenaar zelf heeft binnengelaten.'

De oude rechercheur keek haar scherp, onderzoekend aan. Tot zijn verwondering lag op haar gezicht geen spoor van verdriet. Haar ogen stonden helder en haar geringe make-up was niet verveegd.
'Je bent dapper,' sprak hij zacht.
Mevrouw Lefeberus schonk hem een moede glimlach.
'Niet dapper. Verdoofd. Het verdriet... de pijn komt later. Dat had ik ook bij de dood van Karel. Het duurde maanden voor de werkelijkheid tot mij doordrong, dat hij er niet meer was.'
Ze liepen samen het smalle tegelpad af. Aan het eind duimde De Cock over zijn schouder. 'Wist je dat hij daar was?'
Mevrouw Lefeberus schudde haar hoofd.
'Benny woont aan de Bos en Lommerweg, driehoog. Nummer twaalfhonderdzeventien. Ik heb een sleutel van zijn huis. Zo af en toe ga ik er eens kijken. Als hij er een te grote puinhoop van heeft gemaakt, dan ruim ik de boel voor hem op.'
De Cock glimlachte.
'Je hield een oogje in het zeil.'
Mevrouw Lefeberus maakte een berustend gebaar.
'Benny is nooit een jongen geweest die erg goed op zichzelf kan passen.'
'Misschien stierf zijn vader te jong.'
Mevrouw Lefeberus zuchtte.
'Dat denk ik.'
De Cock leidde haar naar de uitgang van het tuincomplex.
'Je bent eerst naar zijn woning aan de Bos en Lommerweg gegaan?'
Mevrouw Lefeberus knikte.
'Ik vond het wel belangrijk dat jij met hem sprak. Ik wilde niet dat jij

bleef denken dat hij iets met de dood van Jeanne van Ark te maken had.'
'Hij was niet thuis?'
Mevrouw Lefeberus schudde haar hoofd.
'Zijn bed was onbeslapen en in zijn brievenbus zaten nog de kranten van gisteren en eergisteren.' Ze gebaarde voor zich uit. 'Toen ben ik maar doorgelopen naar Nut en Genoegen.'
'Sliep hij daar wel vaker?'
Mevrouw Lefeberus grijnsde.
'Als hij werd gezocht... door jullie.'
De Cock schudde zijn hoofd.
'Hij werd niet gezocht... door ons. Ik heb dat nagetrokken. Zijn naam werd wel in verband gebracht met een overval op een supermarkt in Wageningen, maar daar zijn nooit bewijzen voor gevonden.'
Mevrouw Lefeberus trok haar schouders op.
'Dan moet er iets anders zijn geweest. Als hij op een of andere manier in de knoei zat, dan kon ik hem altijd in ons tuinhuisje vinden.'
De Cock knikte bergrijpend.
'Daar voelde hij zich veilig.'
Over het strakke gezicht van mevrouw Lefeberus gleed een spoor van ontroering.
'Bij zijn zandbak.'
De Cock sloeg zijn arm om haar heen.
'Ik loop met je mee naar huis,' sprak hij warm. 'Het is goed weer voor een wandeling.' Hij zweeg even. 'Heb je nog ergens familie... kennissen, die ik kan waarschuwen?'
Mevrouw Lefeberus schudde haar hoofd.
'Laat maar. Ik heb niet graag volk om mij heen. Ik vecht dit liever alleen uit.'
Een tijdje liepen ze zwijgend voort. De Cock tikte de rand van zijn hoedje iets omhoog.
'Ik zou graag de moordenaar van Benny vinden.'
Mevrouw Lefeberus keek naar hem op met een blik vol onbegrip.
'Waarom?' vroeg ze opstandig. 'Daar krijg ik hem niet mee terug.'
De Cock maakte een verontschuldigend gebaar.
'Ik ben rechercheur. Het is mijn beroep om moordenaars voor de rechter te brengen.'

Mevrouw Lefeberus snoof.
'Wie is daarmee gediend?' vroeg ze onverschillig.
De Cock keek haar van opzij aan. Haar kille reactie prikkelde hem.
'De... eh, de gerechtigheid,' antwoordde hij onzeker. De oude rechercheur spreidde zijn beide handen in een weids gebaar. 'Ik weet dat het bezopen klinkt, maar ik meen wat ik zeg.'
Mevrouw Lefeberus knikte traag voor zich uit.
'Gerechtigheid,' herhaalde ze loom. 'Het zal wel.'
Haar rechterhand gleed in een zijzak van haar geruite mantelpakje.
'Hier heb je de sleutel van zijn woning. Misschien wil je er eens gaan kijken.'
De Cock nam de sleutel van haar aan.
'Verwacht je dat ik er iets kan vinden?'
Mevrouw Lefeberus trok haar schouders op.
'Jij bent rechercheur.'
De Cock zuchtte. Hij vroeg zich af hoe hij haar pantser van onverschilligheid kon doorbreken.
'Moeders hebben vaak een bijzondere band met hun kinderen... vooral met hun zonen. Hoe was jouw relatie met Benny?'
Mevrouw Lefeberus tuitte haar lippen.
'Goed.'
De Cock keek haar van terzijde aan.
'Goed?' herhaalde hij. 'Niet meer? Niet meer dan... goed?'
In zijn stem trilde ongeloof.
Mevrouw Lefeberus liet haar hoofd iets zakken.
'Benny was al een tijdje met iets bezig,' sprak ze zacht. 'Iets groots. Een echte klapper.'
De Cock fronste zijn wenkbrauwen.
'Je weet niet wat... waar?'
Mevrouw Lefeberus schudde haar hoofd. Haar onderlip begon te trillen. "Nog even, moeder," zei hij vorige week tegen mij. "Nog even, dan kun je weg... weg uit de Van Spilbergenstraat. Dan koop ik voor jou een huis... buiten... met een tuin voor... een tuin achter... groter, mooier... veel groter en mooier dan op Nut en Genoegen".'
Tranen drupten over haar wangen.
'Ik was bij hem aan het stofzuigen. Dat ding van hem maakt zo'n herrie. Ik zei: Nut en Genoegen, Benny, is voor mij mooi genoeg.'
De Cock diepte uit zijn broekzak een schone zakdoek op en gaf haar

die. Ze keek met een betraand gezicht naar hem op en schudde haar hoofd.
'Dat heeft hij door het lawaai zeker niet gehoord.'

9

Het was de tweede keer die dag dat De Cock vanuit de Van Spilbergenstraat in Amsterdam-West naar de oude binnenstad wandelde.
Mede in de stille hoop iets meer te vernemen over de lucratieve plannen van haar vermoorde zoon, had de oude rechercheur de uitnodiging van mevrouw Lefeberus om thuis nog een kop koffie bij haar te komen drinken, opgewekt aanvaard.
Heel omzichtig, behaaglijk lurkend aan zijn koffie, was hij begonnen aan een min of meer versluierd verhoor, waarbij hij alle sluwe ondervragingstechnieken die hij kende, had toegepast.
Het had niet mogen baten. Mevrouw Lefeberus bleef ondanks haar verdriet uiterst waakzaam.
Toen de oude rechercheur na zijn derde kop koffie begreep dat ze in geen enkel opzicht bereid bleek om nadere mededelingen over de wilde plannen van haar overleden zoon te doen of... zoals zij zelf met grote stelligheid bleef beweren... geen verdere bijzonderheden over die plannen kende, had hij haar achtergelaten onder de hoede van een bezorgde buurvrouw, die hij tevoren van de situatie op de hoogte had gebracht.
De Cock wist uit ervaring hoe vertwijfeld treurende mensen, ondanks de uiterlijke schijn, soms waren en liet ze niet graag alleen achter.
Peinzend over het motief voor de moord op Mooie Benny... de mogelijke relatie met de vrijwel identieke moord op Jeanne van Ark... overwegende de mogelijkheden die hij nog had om de dader of daders van beide moorden te ontmaskeren, slenterde hij de Postjesweg af naar de Kinkerstraat.
Zo'n kwart eeuw geleden, herinnerde hij zich, was de Kinkerstraat 's avonds een vrolijke, uitnodigende winkelstraat, badend in een zee van licht, stralend uit tal van etalageruiten.
Diezelfde straat maakte nu op De Cock een verlaten indruk. Doods, uitgestorven. Door de schaarse openbare verlichting en de neergelaten rolluiken leek het alsof na het vallen van de duisternis al het leven in de anders zo drukke winkelstraat was verdord.
Vals fluitend 'O, kom er eens kijken, wat er in mijn schoentje zit' – het repertoire van De Cock kende alleen sinterklaasliedjes – slenterde hij verder, bedacht op straatrovers uit elke portiek.

Zijn wandeltocht door Amsterdam bij avond beschouwde de oude rechercheur als een persoonlijke test. Hij kende het stijgende aantal brute berovingen in de stad en was blij na een stevige kuier veilig de Warmoesstraat te hebben bereikt.
Toen hij voor de ingang stond, bekroop hem een onverklaarbare weerzin om het oude politiebureau binnen te gaan. Met in zijn hoofd een draaimolen van gedachten, bleef hij voor de stoep staan. Besluiteloos.
Na een korte aarzeling draaide hij zich om en liep via de Lange- en de Korte Niezel naar de Achterburgwal. Op de hoek van de Barndesteeg stapte hij het schemerig intieme lokaaltje van Smalle Lowietje binnen.
De tengere caféhouder streek met zijn kleine handjes langs zijn morsig vest. Hij hield zijn blik op de ingang gericht. Toen na De Cock niemand volgde, verscheen op zijn vriendelijk muizensmoeltje een uitdrukking van verbazing.
'Alleen?'
De oude rechercheur knikte.
'Geen gevolg. Ditmaal. Ik heb vriend Vledder bij die griet gelaten.'
De caféhouder keek hem niet-begrijpend aan.
'Wat voor een griet?
De Cock grijnsde.
'We hebben sinds kort van onze commissaris het beheer gekregen over een vrouwelijke leerling-rechercheur.' Hij slofte naar het einde van de bar en hees zijn negentig kilo op een kruk.
Lowietje liep achter de bar met hem mee.
'Een vrouwelijke leerling?'
De Cock knikte.
'Ze is heel mooi... echt... een verbeterde uitgave van wijlen Marilyn Monroe.' Hij spreidde zijn beide handen. 'Maar stronteigenwijs.'
De caféhouder grinnikte.
'Die moet jij het vak leren?'
'Zoiets.'
Smalle Lowietje lachte.
'Klaar ben je ermee,' sprak jij meelevend.
De Cock zuchtte.
'Het kost me moeite, geloof me. Ik ben niet gewend om bij mijn

werk een kritische vrouw om mij heen te hebben. Het geeft mij een beklemmend gevoel van onvrijheid. Daarom laat ik Vledder met haar optrekken.'
Smalle Lowietje zwaaide naar een zijraam van zijn etablissement.
'Je kunt op de Wallen beter een goed raam voor haar zoeken.'
De Cock keek hem even aan, maar lachte niet. Met het beeld van de mooie Gabriëlle de Poortere voor ogen kon hij het grapje van de caféhouder niet waarderen. De grijze speurder schudde zijn hoofd.
'Ik denk niet,' sprak hij met opgetrokken wenkbrauwen, 'dat de commissaris dat goedvindt.'
Smalle Lowietje gniffelde.
'Stel het hem eens voor.'
De Cock wuifde het onderwerp weg.
De caféhouder dook aalglad onder de tapkast en kwam tevoorschijn met een fles fijne cognac Napoleon.
'Toch maar hetzelfde recept?'
Het klonk vertroostend.
Zonder op antwoord te wachten pakte hij twee diepbolle glazen en schonk klokkend in.
De Cock boog zich vertrouwelijk naar hem toe.
'Ik kom net bij zijn moeder vandaan,' sprak hij ernstig. 'Ze hebben Mooie Benny vermoord.'
Het gezicht van Smalle Lowietje verbleekte. De fles cognac gleed bijna uit zijn handen.
'Benny van Kareltje Plof*?'
'Ja.'
'Wanneer?'
'Ik denk gisteravond laat of in de vroege ochtend. Op dezelfde manier als dat niese** aan de overkant... naakt en een nylon panty om zijn nek.'
Smalle Lowietje trok een bedenkelijk gezicht.
'Naakt... Mooie Benny naakt?'
De Cock knikte.
'Zijn moeder had hem met een laken toegedekt, maar toen ze hem vond was hij poedelnaakt... met uitzondering dan van die panty waarmee hij was gewurgd.'
De caféhouder fronste zijn wenkbrauwen.

* De vroegere bijnaam van Karel Lefeberus.
** Bargoens voor vrouw of meisje.

'Was Benny naakt toen hij werd gewurgd... of werd hij na het wurgen ontkleed?'
De Cock keek hem verwonderd aan.
'Waarom vraag je dat?'
Smalle Lowietje trok zijn schouders op.
'Dat die griet aan de overkant van de gracht naakt werd Benny...'
Hij maakte zijn zin niet af.
De Cock kauwde peinzend op zijn onderlip.
'Volgens zijn moeder was Benny nogal schaamachtig, zo zei ze het. Ik denk niet dat hij zich in het bijzijn van anderen vrijwillig zal hebben ontkleed.'
Smalle Lowietje grijnsde.
'Tenzij hij door een vrouw werd omgebracht. Mooie Benny had wat dat betreft een reputatie. Hij was gek op meiden en de meiden op hem. Ik heb er gekend die vrijwillig voor hem in de prostitutie wilden.'
De Cock staarde peinzend voor zich uit.
'Er zijn niet veel vrouwen die jenever drinken.'
Smalle Lowietje reageerde niet. Hij schoof de fles cognac iets opzij.
'Heb je enig idee wie daar achter zit?'
De Cock schudde zijn hoofd.
'Volgens zijn moeder werkte Mooie Benny aan een grote klapper... een onderneming die veel geld zou opleveren. Hij had zijn moeder zelfs een eigen huis beloofd.'
De oude rechercheur nam zijn glas op en liet het in zijn hand schommelen.
'Heb jij iets gehoord van een grote klapper?' vroeg hij achteloos.
Smalle Lowietje antwoordde niet direct. Hij pakte zijn glas en nam een slok van zijn cognac.
'Schiphol.'
'Wat is er met Schiphol?'
Smalle Lowietje zette zijn glas neer.
'Een goudtransport bij een landend vliegtuig. Het is al een oud plan... duikt zo nu en dan weer op, maar de laatste tijd gaan er geruchten dat een paar jongens er serieus mee bezig zijn.'
De Cock keek hem schuins aan.
'Mooie Benny?'
Smalle Lowietje schudde zijn hoofd.
'Zijn naam heb ik in dat verband nooit horen noemen.'

'Welke naam wel?'
De caféhouder blikte schichtig om zich heen. Daarna liet hij zijn hoofd iets zakken.
'Johnny,' fluisterde hij zacht, 'Johnny van Dikke Neel.'

Toen De Cock de grote recherchekamer binnenstapte, kwam Vledder uit zijn stoel omhoog. Hij keek met een nors gezicht toe hoe de oude rechercheur zwierig zijn hoedje missend naar de kapstok wierp.
'Waar ben jij geweest?'
'Bij Smalle Lowietje.'
'Alleen?'
De Cock knikte.
'Ik ben niet van plan om die meid bij Smalle Lowietje te introduceren.'
Vledder keek hem verrast aan.
'Waarom niet? Ze loopt stage. Over een paar maanden is ze een heuse rechercheur met dezelfde bevoegdheden als wij.'
De Cock bromde.
'Dan bouwt ze tegen die tijd maar een eigen wereldje van vertrouwelingen om zich heen. Dat heb ik ook moeten doen.' Hij raapte zijn hoed op, deed zijn regenjas uit en liet zijn blik door de recherchekamer dwalen. 'Waar is Gabriëlle?'
Vledder duimde naar de deur.
'Naar huis. Ze had om tien uur een afspraak met een vriend. Ze was nijdig. Ze had gehoopt dat jij nog zou komen opdagen voor ze wegging.'
'Waarom?'
Vledder maakte een verontschuldigend gebaar.
'Om haar theorie aan te horen.'
De Cock bromde.
'Ik ben niet benieuwd naar haar theorieën,' reageerde hij knorrig.
Vledder zuchtte.
'Ze heeft vanavond Buitendam thuis gebeld,' sprak hij loom, 'en aan hem uitgebreid haar theorie voorgelegd. Volgens Gabriëlle was de commissaris het volkomen met haar eens.'
De Cock liet zich in zijn stoel achter zijn bureau zakken en leunde van verbazing achterover.
'Ze heeft Buitendam gebeld?' vroeg hij met een zweem van ongeloof.
Vledder knikte.

'Ik heb geprobeerd haar daarvan af te houden. Ik zei haar, dat wij de commissaris zo weinig mogelijk bij ons werk betrekken. Ze vond dat bespottelijk, pakte de telefoon en belde.'
De Cock keek zijn jonge collega onderzoekend aan.
'Jij kunt haar niet mannen?'
Vledder schudde zijn hoofd.
'Een vrouw is duizend mannen te erg. En geloof me... die Gabriëlle telt voor twee.' De jonge rechercheur gebaarde voor zich uit. 'Ik heb overigens het idee dat ook jij haar ontloopt.'
De Cock gniffelde.
'Een les van mijn oude moeder: ontwijk vrouwen, vooral als ze erg mooi zijn.'
Vledder trok een verongelijkt gezicht.
'Daarom laat je mij met haar optrekken.'
De Cock lachte, maar reageerde verder niet. Hij boog zich iets naar voren en vouwde zijn handen.
'Hoe luidt haar theorie?'
Vledder nam tegenover hem plaats.
'Beide moorden zijn volgens Gabriëlle de Poortere absoluut door één en dezelfde man... Marinus Kleijn, gepleegd... dezelfde werkwijze... verwurging met een panty... dezelfde modus operandi... ontkleden van het slachtoffer na de daad.'
De Cock luisterde geamuseerd.
'Motief?'
'Marinus Kleijn was tijdens het kortstondige contact met Jeanne van Ark smoorverliefd op haar geworden. Volgens Gabriëlle een vorm van pure waanzin, die mannen kan treffen. Toen hij het voorwerp van zijn liefde, na haar botte weigering om met hem mee te gaan, uit woede had gewurgd, besefte hij dat door de moord zijn verdere leven was vernietigd.'
De Cock grijnsde.
'Heftig... romantisch... theatraal. Prachtig. Uit het leven gegrepen.' De grijze speurder gleed met zijn pink over de rug van zijn neus. 'Of uit een romannetje van de Bouquet-reeks?'
Vledder trok achteloos zijn schouders op.
'Ik weet niet wat Gabriëlle leest.'
De Cock negeerde de opmerking.
'Verder?'
Vledder spreidde zijn handen.

'Schuldig aan zijn daad achtte hij Mooie Benny, die hij er voor verantwoordelijk hield, dat Jeanne van Ark niet bij hem durfde terug te keren.'
De Cock knikte begrijpend.
'Marinus Kleijn,' vatte hij nadenkend samen, 'was volgens onze Gabriëlle de Poortere volkomen in de ban van de gedachte, dat Jeanne van Ark niet bij hem terugkeerde... als onderdanige prostituée op de Wallen bleef zitten... uit angst voor Mooie Benny, die haar in zijn greep had.'
Vledder knikte.
'Dat zou volgens Gabriëlle de Poortere inderdaad het motief voor zijn daad zijn geweest.'
De Cock maakte een grimas.
'Met andere woorden... Mooie Benny had door zijn invloed op Jeanne van Ark het verdere leven van Marinus Kleijn vernietigd... van elke zin ontdaan... en die diende daarvoor te sterven.'
Vledder knikte.
'Zo droeg Gabriëlle het door de telefoon aan de commissaris voor.'
'En Buitendam was laaiend enthousiast?'
Vledder knikte opnieuw. Bedeesd.
'Dat heb ik uit haar reacties begrepen.'
De Cock boog zich iets naar voren.
'En jij?'
'Wat bedoel je?'
'Ben jij ook laaiend enthousiast?'
Vledder trok weifelend zijn schouders op.
'Zo kan het gebeurd zijn,' antwoordde hij voorzichtig.
De Cock negeerde de opmerking.
'Hebben jullie Marinus Kleijn al verhoord?'
Vledder knikte.
'Vanavond... bijna een uur lang.'
'En?'
Vledder maakte een wrevelig gebaar.
'Niets. Marinus Kleijn ontkent.'
De Cock strekte zijn arm naar zijn jonge collega uit.
'Wat ontkent hij?'
'Dat hij die moorden heeft gepleegd.'
'En de panty's... de panty's die Gabriëlle in zijn nachtkastje heeft gevonden?'

Vledder schudde zijn hoofd.
'Hij zegt dat die niet van hem zijn.'
'Hoe komen ze dan in zijn nachtkastje terecht?'
Vledder zuchtte.
'Gabriëlle heeft de beide nieuwe panty's, die ze in zijn nachtkastje had gevonden, en de panty die om de nek van de vermoorde Jeanne van Ark zat, aan hem voorgelegd en hem er op gewezen, dat alle drie de panty's hetzelfde zijn... qua maat, merk en kleur.' De jonge rechercheur zuchtte opnieuw. 'Marinus Kleijn gaf toe, dat ook hij geen onderscheid tussen de panty's kon ontdekken, maar bleef er bij, dat de panty's nooit in zijn bezit waren geweest en dat hij niet wist hoe ze in zijn nachtkastje terecht waren gekomen.'
De Cock trok een denkrimpel in zijn voorhoofd.
'Was Marinus Kleijn in haar nabijheid toen Gabriëlle de panty's vond?'
Vledder spreidde zijn handen.
'Toen wij bij hem aanklopten, liet hij ons binnen. Gabriëlle zei hem onmiddellijk dat wij hem van de moord op Jeanne van Ark verdachten. Marinus Kleijn lachte haar uit... vond het idee bespottelijk. Gabriëlle vroeg hem toen of ze een beetje in de woning mocht rondneuzen.'
'En hij had geen bezwaar?'
Vledder schudde zijn hoofd.
'Ga je gang, zei hij. Ik ben onschuldig.'
De Cock hield zijn hoofd iets schuin.
'En toen Gabriëlle met die panty's op de proppen kwam?'
Vledder maakte een hulpeloos gebaar.
'Toen zei hij... wat hij vanavond tijdens zijn verhoor ook eindeloos herhaalde... dat hij de panty's nooit eerder had gezien en dat hij niet wist hoe ze in zijn nachtkastje terecht waren gekomen.'
'Klonk dat oprecht?'
Vledder trok een bedenkelijk gezicht.
'Ik vond het een slap verweer. Dat heb ik ook tegen Kleijn gezegd.'
'Hoe reageerde hij?'
Vledder liet zijn hoofd iets zakken.
'Hij zei, dat mijn mening er weinig toe deed... en dat het hem speet dat hij geen andere waarheid voor mij in voorraad had.'
De Cock kon een glimlach niet onderdrukken.

'Wat zei Marinus Kleijn van de aanklacht, dat hij ook Mooie Benny had vermoord?'
Vledder schonk hem een moede glimlach.
'Hij lachte Gabriëlle de Poortere vierkant uit. Hij noemde ook deze beschuldiging dwaas en zonder enige grond en vroeg zich af of wij aan de Warmoesstraat een komplot tegen hem smeedden. Het enige dat ik van Mooie Benny weet, zei hij, is wat Jeanne van Ark mij na haar vlucht uit de gevangenis over hem heeft verteld... een lid van haar bende... een bruut, die haar dood zocht. Hij beweerde de man zelf nooit in levenden lijve te hebben ontmoet. Hoe, zo was zijn betoog, kan ik hem dan hebben vermoord?'
De Cock gniffelde. Hij kreeg plezier in het verweer van Marinus Kleijn.
'En verder?'
Vledder wees voor zich uit.
'Ik had in de la van jouw bureau een foto van Mooie Benny zien liggen. Die heb ik hem laten zien.'
De Cock keek hem gespannen aan.
'Wat zei hij?'
'Marinus Kleijn toonde verbazing. Is dat Mooie Benny, vroeg hij verwonderd. Toen ik dat bevestigde, zei hij dat hij zich Mooie Benny heel anders had voorgesteld... veel bruter... het type van een verlopen bokser, een man met bloemkooloren, een laag voorhoofd en een duivelse grijns op zijn gezicht.'
De Cock glimlachte.
'Kende hij de man van de foto?'
Vledder knikte.
'Marinus Kleijn zei dat hij hem eenmaal had ontmoet. Dat was toen hij Jeanne van Ark op de Wallen een bezoek had gebracht en op het punt stond te vertrekken. De man kwam het kamertje binnen en Jeanne van Ark stelde beiden aan elkaar voor.'
'Hoe?'
'Wat bedoel je?'
'Hoe presenteerde ze de beide mannen?'
Vledder spreidde zijn beide handen in een hulpeloos gebaar.
'De man van de foto... Mooie Benny... noemde zij "een oude kennis" en Marinus Kleijn stelde ze voor als "mijn redder".'
De Cock kauwde op zijn onderlip.
'Dat zou kunnen betekenen,' sprak hij peinzend, 'dat Mooie Benny

het vluchtverhaal van Jeanne van Ark kende en op de hoogte was van de rol die Marinus Kleijn daarin had gespeeld.'
Vledder knikte instemmend.
'Dat lijkt mij een redelijke conclusie,' sprak hij somber, 'maar brengt ons niets verder.'
'Hoe eindigde het verhoor?'
'Gabriëlle zei tegen Marinus Kleijn, dat hij nog maar eens een poosje over zijn leugens moest nadenken.'
'Hoe reageerde hij?'
Vledder glimlachte.
'Marinus Kleijn kaatste terug, dat voor hem de waarheid makkelijk was te onthouden, maar dat zij eens over haar beschuldigingen moest nadenken.'
'Keurig.'
Vledder knikte. 'Toen hebben wij hem naar zijn cel teruggebracht.'
De Cock wreef over zijn brede kin.
'Geen daverend verhoor.'
Vledder schudde zijn hoofd.
'Je hebt gelijk. Het leverde niets op. Ook Gabriëlle was hevig teleurgesteld.'
De Cock staarde een tijdje nadenkend voor zich uit.
'Hoe liep,' vroeg hij na een poosje, 'het onderzoek op de peedee* op Nut en Genoegen af?'
Vledder maakte een schouderbeweging.
'Bram van Wielingen maakte foto's en Ben Kreuger kwaste met aluminiumpoeder.'
'Wat zei dokter Den Koninghe?'
'Hij was er nog niet zo van overtuigd dat Mooie Benny door verwurging stierf.'
'Wat?'
Vledder schudde zijn hoofd.
'Hij... eh, hij dacht aan een dodelijk toxicum.'
'Vergiftiging.'
'Ja.'
De Cock slikte.
'Wat deed die panty dan om zijn nek?'

* Peedee: plaats-delict.

10

Vledder schudde zijn hoofd.
'Het is nog lang niet zeker dat Benny Lefeberus werd vergiftigd,' sprak hij afwerend. 'Dokter Den Koninghe opperde het als een mogelijkheid. Hij baseerde zijn vermoeden op de stand van de pupillen, die vertoonde volgens hem een farmacologische reactie.'
De Cock trok een vies gezicht.
'Een wat?'
Vledder lachte.
'Een farmacologische reactie... zo noemde dokter Den Koninghe het... een verwijding van de pupillen, zoals bij het gebruik van belladonna, atropine, codeïne of efidrine.'
'En alkaloïde.'
Vledder knikte instemmend.
'Een plantengif.'
De Cock beet op zijn onderlip.
'Mij is die pupilverwijding,' sprak hij peinzend, 'niet zo opgevallen. Mijn aandacht was vermoedelijk te veel op die panty gericht.'
Vledder ademde diep.
'Begrijpelijk. Die panty wekte een onmiddellijke associatie met de moord op Jeanne van Ark.'
'Precies.'
Vledder gebaarde voor zich uit.
'Dokter Den Koninghe,' sprak hij traag, 'was overigens erg vaag. De lijkschouwer beloofde mij morgenochtend voor de gerechtelijke sectie met dokter Rusteloos te bellen voor overleg. Er dienen urine, maag- en darminhoud en ook enkele lijkdelen gereserveerd te worden voor een uitgebreid toxicologisch onderzoek.
Volgens hem ontbraken aan de hals van het slachtoffer de karakteristieke wurgverwondingen. De nylon panty had geen diepe insnoeringen veroorzaakt... insnoeringen zoals wij aan de hals van Jeanne van Ark hebben gezien.'
De Cock spreidde zijn beide handen in een gebaar van onbegrip.
'Wat deed,' herhaalde hij geprikkeld, 'die nylon panty dan om zijn nek?'
Vledder maakte een schouderbeweging.
'Geen idee,' verzuchtte hij. 'Als Benny Lefeberus geen dood door

verwurging stierf, dan had die nylon panty om zijn nek geen enkele functie... geen enkele functie bij het veroorzaken van de dood.'
De Cock trok een diepe denkrimpel in zijn voorhoofd.
'Wat zei Gabriëlle de Poortere van de bevindingen van de lijkschouwer? Die waren volkomen in strijd met haar kunstig opgebouwde theorie.'
Vledder grijnsde breed.
'Ze noemde het "gewauwel van een oude man".'
De Cock slikte van verbazing.
'Wat?' riep hij geschrokken.
Vledder knikte.
'Gewauwel van een oude man... dat was haar conclusie. De excentrieke dokter Den Koninghe met zijn jacquet, streepjesbroek en garibaldihoed was in haar ogen een bespottelijke oude dwaas... al jaren niet meer voor zijn taak berekend.'
De Cock snoof van woede.
'Wat een serpent.'
Vledder grinnikte vreugdeloos.
'Misschien had je oude moeder wel gelijk en kun je beter uit de buurt van mooie vrouwen blijven.'
De Cock schoof zijn onderlip naar voren.
'Zeker als ze vol ambities in politiedienst treden.' Hij zweeg even, peinzend. 'Was de oude lijkschouwer nog aanwezig toen Gabriëlle de Poortere haar bedenkingen uitte?'
Vledder schudde zijn hoofd.
'Gelukkig niet. Dat is de oude man bespaard gebleven. Het kwam ter sprake toen ik in de auto op weg terug naar de Kit, aan haar vroeg hoe zij over de bevindingen van dokter Den Koninghe dacht.'
'En?'
De jonge rechercheur grinnikte.
'Ze was woest... een furie... stond onmiddellijk in vuur en vlam. Gabriëlle krijste dat ze oprecht van mening was, dat het hoog tijd werd dat er een frisse wind door ons korps waaide... dat jonge, energieke krachten het bewind in handen namen... dat ons gehele rechercheapparaat een gezapig college was van knorrige wereldvreemde oude heren... en dat ook die excentrieke lijkschouwer hoognodig vervroegd met pensioen diende te worden gestuurd.'
De Cock liet de grillige accolades langs zijn mond vrolijk krullen.
'Toe maar,' lachte hij.

Vledder gebaarde.
'Volgens Gabriëlle bestond er geen enkele twijfel... de moord op Benny Lefeberus was volkomen identiek aan de moord op Jeanne van Ark.'
De Cock knikte begrijpend.
'Dezelfde moordenaar.'
'Precies.'
De Cock schudde afkeurend zijn hoofd.
'Gabriëlle de Poortere,' sprak hij bedachtzaam, 'mag er een eigen mening op na houden. Dat is haar goed recht. Maar voor mij is dokter Den Koninghe geen wauwelende oude dwaas. Hij is een puike lijkschouwer... een man met een schat aan ervaring. Als hij tekenen van vergiftiging ziet, dan geloof ik daar in.'
Vledder keek naar hem op.
'Die vreemde panty om de nek van Benny Lefeberus klopt dus niet?'
De Cock schudde zijn hoofd.
'Al kan ik er geen redelijke verklaring voor vinden.'
Vledder maakte een weifelend gebaartje.
'Misschien was het wel een grap... of een misleiding... een poging om de dood van Mooie Benny te doen gelijken op de moord op Jeanne van Ark?'
De Cock knikte Vledder bewonderend toe.
'Heel goed. Een vruchtbare gedachte. Oppervlakkig bezien lijken de beide moorden op elkaar, maar er is toch een duidelijk verschil in uitvoering.'
'Waarom?'
De Cock maakte een schouderbeweging.
'Vermoedelijk omdat de slachtoffers verschillend zijn... een vrouw en een man.'
'Je bedoelt, dat Benny Lefeberus veel krachtiger en weerbaarder was dan Jeanne van Ark?'
De Cock knikte.
'Ik heb in het tuinhuisje van Nut en Genoegen geen spoor van een worsteling gezien. Ik vermoed dat de moordenaar bij Benny Lefeberus een dood door verwurging niet heeft aangedurfd.'
Vledder keek De Cock met grote ogen aan.
'De moordenaar koos voor vergif,' stelde hij opgetogen, 'maar liet de moord op een verwurging lijken.'
De Cock glimlachte.

'Ik geloof, dat er op den duur toch nog een goede rechercheur uit jou groeit.'
Vledder gebaarde voor zich uit.
'Die malle nylon panty om de nek van de slachtoffers... en het feit dat beiden elkaar kenden... is de enige leidraad tussen deze moorden.'
De Cock stak waarschuwend de wijsvinger van zijn rechterhand omhoog.
'Je vergeet nog iets... beide slachtoffers werden ook geheel ontkleed... naakt, aangetroffen. En daarvoor kan ik... zeker ten aanzien van Benny Lefeberus... geen zinnig motief bedenken.'

De oude rechercheur keek omhoog naar de grote klok boven de toegangsdeur. 'Het is alweer elf uur,' mompelde hij vermoeid. Hij kwam half uit zijn stoel overeind.
'Het is mooi voor vandaag. Morgen, zo hopen wij innig, is er weer een nieuwe dag. Tenzij de goeie God meent, dat zijn aards experiment op een mislukking...'
De grijze speurder stokte.
Er werd op de deur van de recherchekamer geklopt en Vledder riep: 'Binnen.'
In de deuropening verscheen de gestalte van een slanke jongeman. De Cock schatte hem op voor in de dertig. Hij droeg een vaalblauwe spijkerbroek, waaronder een paar opvallend witte basketballschoenen, en een bruin wildlederen jack met gebreide boorden. Zacht verend liep hij op de grijze speurder toe.
'Mag ik even met u praten?'
De Cock wees uitnodigend naar de stoel naast zijn bureau. Intussen nam hij de jongeman nauwkeurig in zich op. Hij had een lang, ovaal gezicht met een strakke wasbleke huid en fletsblauwe ogen. Zijn lange stroblonde haren eindigden in een kort vlechtje in zijn nek.
De oude rechercheur glimlachte.
'Ik ben één al oor.'
De jongeman verschoof iets op zijn stoel.
'Moeder Lefeberus stuurt mij.'
De Cock maakte een grimas.
'En jij laat je sturen?'
De jongeman liet zijn hoofd iets zakken.

'Ik ben... eh, ik... eh, ik was een vriend van Benny,' antwoordde hij hakkelend. 'Ik hoorde vanavond wat er met Benny was gebeurd... in zijn tuinhuisje op Nut en Genoegen... toen ben ik naar zijn moeder gestapt... om haar te condoleren. Ze is een fijn mens. Ik kom al jaren bij haar over huis.'
De Cock knikte begrijpend.
'Wie ben jij?'
'Richard... Richard de Boer.'
'Hoelang ben je al met Benny Lefeberus bevriend?'
'Vanaf mijn schooljaren. We zaten in dezelfde klas.'
'Steeds in Amsterdam-West gewoond?'
Richard de Boer knikte.
'Wat ze bij ons thuis nog altijd Plan-West noemen. In de Willem Schoutenstraat. Pal bij Benny om de hoek.'
De Cock strekte zijn hand naar hem uit.
'Hoeveel antecedenten heb je?'
Richard de Boer keek hem niet-begrijpend aan.
'Wat zijn an-te-ce-den-ten?'
De Cock glimlachte.
'Hoe vaak ben je met de politie of justitie in aanraking geweest?'
Richard de Boer schudde krachtig zijn hoofd.
'Nooit.'
De Cock veinsde verbazing.
'En een vriend van Benny Lefeberus... een blanco strafblad?'
Het klonk cynisch.
Richard de Boer reageerde furieus.
'Benny had geen besmettelijke ziekte,' antwoordde hij heftig. 'Hij was voor mij een goede kameraad. Dat Benny zo in de versukkeling is geraakt, is de schuld van die griet.'
'Jeanne van Ark?'
Richard de Boer knikte instemmend.
'Een bloedmooie meid... al toen ze veertien was, maar zo rot als een mispel.'
'Hoe bedoel je?'
Richard de Boer spreidde zijn handen.
'Voor alles in. Net als haar moeder. Die had elke drie maanden een andere kerel aan de hand.'
'Een groot hart.'
Richard de Boer grinnikte.

'Een groot, slap, hoerenhart. De buurt sprak schande van haar steeds wisselende contacten, maar dat kon haar niets schelen.'
'In dat sfeertje groeide Jeanne van Ark op.'
'Precies.'
'Geen beste start.'
Richard de Boer trok zijn schouders op.
'Ik geloof niet zo erg in die theorieën. Ik ken genoeg voorbeelden van...'
De Cock wuifde het onderwerp weg.
'Benny raakte in de versukkeling.'
Richard de Boer knikte.
'Hoewel Benny meiden kon krijgen aan de vingers van iedere hand, was hij op een of andere manier gek op die griet... een soort verslaving, waarvoor ik hem dikwijls heb gewaarschuwd.'
'Tevergeefs?'
Richard de Boer schudde afkeurend zijn hoofd.
'Er was geen praten tegen,' verzuchtte hij. 'Ze had hem in haar macht. Benny deed bijna blindelings wat die meid van hem verlangde.'
'En jij?'
'Wat bedoelt u?'
'Was jij niet gek op die... eh, bloedmooie meid?'
Richard de Boer schudde zijn hoofd.
'Ik mocht haar niet... en dat wist ze. Jeanne noemde mij altijd smalend "meestertje", omdat ik als enige jongen uit de buurt ambities had voor het onderwijs. Ik geef les op een basisschool.'
De Cock keek hem onderzoekend aan.
'Jeanne is dood.'
'Gelukkig.'
De oude rechercheur beluisterde de toon.
'Enig idee,' vroeg hij achteloos, 'wie haar om zeep heeft geholpen?'
Richard de Boer grijnsde.
'Iemand die de pest aan haar had.'
'Jij?'
Richard de Boer schudde langzaam zijn hoofd.
'Daar ben ik niet voor in. Agressie en geweld zijn reacties van primitieve mensen.'
De Cock negeerde de opmerking.

'Waarom stuurt moeder Lefeberus jou naar mij? Heb je iets te vertellen?'
Richard de Boer antwoordde niet direct. Hij friemelde aan het staartje in zijn nek.
'Ik ben geen rechercheur, meneer De Cock, zoals u... maar toen moeder Lefeberus mij vertelde dat er in het tuinhuisje een fles jenever op tafel stond met twee glaasjes... wist ik dat Benny was vermoord door iemand die hij volkomen vertrouwde.'
De Cock knikte hem bemoedigend toe.
'Heel goed... een redelijke conclusie. Ik drink ook niet met iedereen een glas cognac.'
Richard de Boer boog zich iets naar hem toe.
'Benny,' sprak hij voorzichtig, 'ging de laatste tijd veel om met een jongen die ik niet kende... geen jongen bij ons uit de buurt.'
'Niet uit Amsterdam-West?'
Richard de Boer schudde zijn hoofd.
'Volgens mij helemaal geen Amsterdammer. Ik heb hem een keer ontmoet... heel even, op straat. Benny stelde hem aan mij voor.'
'Als wat?'
'Joost, een kennis.'
'Meer niet?'
'Nee.'
'Hoe zag die Joost eruit?'
'Gewoon... zoals jonge mensen tegenwoordig gekleed gaan. Hij sprak een beetje bekakt.'
'Een accent?'
Richard de Boer trok zijn schouders op.
'Geen accent dat ik ken. Ik bedoel geen zangerig Zaans en geen zachte g, maar met een aangeleerd toontje.'
'Je zou hem aan zijn stem kunnen herkennen?'
Richard de Boer knikte nadrukkelijk.
'Zeker. Benny was nogal van hem gecharmeerd... vond dat hij erg intelligent was... dat zei hij mij later, toen ik hem vroeg wie die vreemde gozer was.'
De Cock plukte aan zijn onderlip.
'Kende moeder Lefeberus die... eh, die Joost?'
Richard de Boer schudde zijn hoofd.
'Ze had nog nooit van ene Joost gehoord... wist niet dat die bestond. Benny had haar nog nooit iets over hem verteld.'

'Vreemd.'
Richard de Boer knikte.
'Dat vond moeder Lefeberus ook. Ze zei tegen mij: Misschien is die Joost belangrijk voor het onderzoek... ga maar naar de Warmoesstraat... naar rechercheur De Cock en vertel het.'
De grijze speurder knikte begrijpend. Hij boog zich iets naar voren en veranderde van onderwerp.
'Volgens moeder Lefeberus was haar zoon Benny nog kort voor zijn dood met iets groots bezig. Hij had plannen in voorbereiding... een klapper, die hem rijk zou maken. Hij had zijn moeder al op voorhand een eigen huis met een tuintje voor en achter beloofd.'
Richard de Boer liet zijn hoofd weer zakken.
'Dat heeft ze mij verteld.'
De Cock strekte zijn rechterhand naar hem uit.
'Weet jij iets van die plannen?'
Richard de Boer schudde zijn hoofd.
'Benny sprak met mij nooit over die dingen. Hij wist dat ik er niets van wilde weten.'
De Cock nam een kleine pauze. Buiten in de Warmoesstraat zong een eenzame dronken sloeber een droevig lied over een verloren liefde. Over het blonde hoofd van Richard de Boer heen keek de oude rechercheur naar de grote klok boven de deur. Het was ver na middernacht. Hij voelde hoe langzaam de vermoeidheid in zijn botten sloop. Met een van pijn vertrokken gezicht wreef hij zich achter in zijn nek.
'Ken jij... eh, Johnny van Dikke Neel?'
Richard de Boer keek naar hem op.
'Johnny van Maasdam.'
'Heet hij zo?'
Richard de Boer knikte.
'Ook een jongen uit de buurt.'
'En?'
'Wat bedoelt u?'
'Kende hij Benny Lefeberus... bestond er een relatie tussen die twee?'
Richard de Boer zuchtte.
'Johnny van Maasdam behoorde sinds kort tot de groep.'
De Cock keek hem verrast aan.
'Welke groep?'

Richard de Boer keek naar hem op. Hij spreidde zijn beide handen in een hulpeloos gebaar.
'Laten we het de bende van Jeanne d'Arc noemen.'
De Cock gleed met de pink van zijn rechterhand over de rug van zijn neus.
'De bende van Jeanne d'Arc,' herhaalde hij traag, nadenkend. 'Na de mislukte overval op die supermarkt in Wageningen is er veel gebeurd. De bende is aardig uitgedund. Leidster Jeanne van Ark werd vermoord en hetzelfde lot onderging Benny Lefeberus.'
De grijze speurder zweeg even.
'Wie zijn er buiten Johnny van Maasdam en die mysterieuze Joost nog van de bende over?'
Richard de Boer trok zijn schouders op.
'Dat weet ik niet.'
De Cock boog zich iets naar hem toe.
'Waren Johnny van Maasdam en die geheimzinnige Joost al lid van de bende tijdens die overval op de supermarkt in Wageningen?'
Richard de Boer maakte een gebaar van ergernis.
'Daar wil ik niets over zeggen,' antwoordde hij geprikkeld. 'Jeanne van Ark is voor die overval opgepakt en veroordeeld. De overige daders zijn nooit bekend geworden. Dat behoort zo te blijven. U kunt daarover van mij geen nadere inlichtingen verwachten.'
De Cock keek hem onderzoekend aan.
'Waarom niet?' riep hij verontwaardigd. 'Volgens mij weet u van de bende van Jeanne d'Arc veel meer dan een paar luttele zijdelingse informaties via uw vriend Benny Lefeberus.'
Richard de Boer maakte een verontschuldigend gebaar.
'Ik wilde van het misdadige gedrag van mijn vriend Benny niets weten. Het was een facet van zijn karakter dat ik negeerde.'
De Cock schudde afkeurend zijn hoofd.
'Onzin. Ik heb mijn hele leven contact gehad met jongens van de vlakte. Ze doen niets liever dan over hun activiteiten praten. Benny Lefeberus maakte daarop geen uitzondering.'
De oude rechercheur boog zich nog dichter naar hem toe.
'Wat heeft het voor zin om verstoppertje met mij te spelen?' vroeg hij gelaten. 'Johnny van Dikke Neel droomt al jaren van een overval op een goudtransport op Schiphol. Vermoedelijk heeft hij in penozekringen voor die stunt nog nooit de juiste mensen kunnen vinden... tot hij aan de bende van Jeanne d'Arc dacht.'

Richard de Boer grijnsde breed.
'U mag van mij rustig hardop denken.'
De Cock negeerde de opmerking.
'Ik heb de innerlijke zekerheid,' ging hij onverstoord verder, 'dat de grote klapper die Benny Lefeberus dacht te maken, verband hield met de oude... en opnieuw tot leven gebrachte plannen van Johnny van Maasdam over dat goudtransport.'
Richard de Boer knikte traag.
'U hebt gelijk,' verzuchtte hij verslagen. 'Jeanne van Ark en Benny waren beiden dol enthousiast... overtuigd dat hun plannen zouden slagen.'
De Cock stak de wijsvingers van zijn beide handen omhoog.
'Wie waren er buiten Jeanne van Ark, Benny Lefeberus en Johnny van Maasdam nog bij de plannen voor de overval op het goudtransport betrokken?'
'Die... eh, die Joost, denk ik.'
De Cock keek hem scherp observerend aan.
'En jij?'
Richard de Boer liet zijn hoofd iets zakken.
'Het wil blijkbaar niet tot u doordringen,' sprak hij zacht. 'Voor alle duidelijkheid... ik was geen lid van de bende van Jeanne d'Arc.'

11

Toen De Cock de volgende morgen, tegen zijn gewoonte in, exact op tijd de grote recherchekamer van het politiebureau aan de Warmoesstraat binnenstapte, zat Vledder al achter zijn elektronische schrijfmachine. Zijn rappe vingers dansten speels over het toetsenbord.
De jonge rechercheur was zo intens en gespannen aan zijn werkstuk bezig, dat hij het binnenkomen van zijn oudere collega niet opmerkte.
De Cock ontdeed zich geruisloos van zijn regenjas en hoedje. Voorzichtig sloop hij naderbij en keek over het hoofd van Vledder naar de letters die razendsnel op het papier verschenen. Het was, zo las hij, een uitgebreid proces-verbaal van de arrestatie en het verhoor van Marinus Kleijn. De oude rechercheur liet zijn jonge collega een tijdje begaan en tikte hem toen met een kromme wijsvinger op zijn schouder.
Vledder keek verstoord op.
'Ben je er nu al?' vroeg hij verwonderd.
De Cock glimlachte.
'Mijn vrouw is sinds kort lid van een kleine, maar uiterst strijdbare vrouwenclub. Ze verweert zich nu fanatiek tegen alles wat verkeerd is in deze wereld.'
Vledder grinnikte.
'Dan zul je haar in de toekomst weinig zien.'
'Dat vrees ik ook,' reageerde De Cock gelaten. 'Vanmorgen trommelde ze mij al vroeg uit mijn bed. Ze moest weer met de club op pad.'
De oude rechercheur wees naar het proces-verbaal in de elektronische schrijfmachine.
'Vermeld je ook het vinden van de panty's in het nachtkastje van Marinus Kleijn?'
Vledder knikte.
'Dat staat er al in.'
De Cock fronste zijn wenkbrauwen.
'En dat proces-verbaal maak je op onder jouw eigen ambtseed?'
Vledder keek hem verrast aan.
'Uiteraard.'

De Cock schudde zijn hoofd.
'Je moet dat proces-verbaal inzake Marinus Kleijn door Gabriëlle de Poortere laten opmaken.'
Het gezicht van Vledder versomberde.
'Dat heb ik haar vanmorgen gezegd.'
'En?'
'Voor dat stompzinnige schrijfwerk had ze geen tijd.'
De Cock trok een vies gezicht.
'Geen tijd?'
Vledder schudde zijn hoofd.
'Ze had, zei ze, een onderhoud met de commissaris over de voortzetting van het onderzoek.'
De Cock grijnsde.
'Dat stompzinnige schrijfwerk,' sprak hij gelaten, 'moest jij maar opknappen.'
Vledder trok achteloos zijn schouders op.
'Iemand moet het doen,' reageerde hij berustend. 'En ik ben er goed in... geworden. Ik kan mij niet herinneren dat jij tijdens onze samenwerking ooit een letter op papier hebt gezet.'
Het klonk als een verwijt.
De Cock boog zich verder naar voren en duwde zijn jonge collega iets opzij. Hij maakte de papierrol los en trok het proces-verbaal uit de schrijfmachine.
'Dit keer doe jij het niet,' sprak hij strak, beslissend. 'Dat stompzinnige schrijfwerk is een essentieel onderdeel van ons vak. Onze mooie Gabriëlle moet in haar stageperiode ook leren hoe men in de praktijk een proces-verbaal opstelt.'
Vledder keek zijn oude collega verward aan. De spottende ondertoon ontging hem.
'Als Gabriëlle de Poortere het moet doen, wordt het klungelwerk,' sprak hij zwak protesterend. 'Dan moet ik het toch overmaken.'
De Cock negeerde de opmerking.
'Pak die plastic zak met de kleren van Jeanne van Ark eens uit de kast,' veranderde hij van onderwerp.
'Je bedoelt de kleren die over de stoel van haar peeskamertje waren gedrapeerd?'
'Precies.'
Vledder maakte een grimas.
'Dat heb ik je al gezegd... daar is niets aan te zien.'

De Cock trok zijn gezicht strak.
'Pak ze toch maar.'
Gabriëlle de Poortere kwam schoorvoetend de grote recherchekamer binnen. De Cock wierp, na zijn inspectie, de plastic zak met de kleren van Jeanne van Ark terug in de kast en keek op.
Gabriëlle de Poortere zag er opgewonden uit. Haar wangen kleurden rood onder haar make-up. Ze woelde nerveus met haar vingers door haar blonde haren. Aarzelend liep ze op De Cock toe.
'U moet bij de commissaris komen,' sprak ze hees.
De Cock blikte in haar blauwe ogen.
'Waarom?'
'Dat zal hij u wel zeggen.'
De Cock keek haar schuins, onderzoekend aan.
'Je hebt over mij geroddeld?' vroeg hij met een zweem van achterdocht.
Gabriëlle de Poortere ontweek zijn blik en antwoordde niet.
De Cock liet de grillige accolades rond zijn mond in een glimlach trillen.
'Je hebt over mij geroddeld?' herhaalde hij op een vriendelijke toon.
Gabriëlle de Poortere keek hem onzeker aan.
'Ik heb tegen commissaris Buitendam gezegd, dat ik onder de huidige omstandigheden mijn stageperiode bij u niet langer wil voortzetten.'
De Cock trok een denkrimpel in zijn voorhoofd.
'Reden?'
Gabriëlle de Poortere trok haar kin iets omhoog.
'U bent vrouw-onvriendelijk.'

De Cock bleef wijdbeens voor het bureau van commissaris Buitendam staan en grijnsde.
'Vrouw-onvriendelijk,' riep hij vrolijk spottend. 'Het is voor het eerst dat iemand mij vrouw-onvriendelijk vindt. Ik zal mijn vrouw vanavond om een diploma vragen. Na dertig jaar huwelijk hecht ik waarde aan haar oordeel over mij.'
De politiechef steunde met beide ellebogen op zijn bureau en drukte zijn vingertoppen tegen elkaar.
'Het is,' sprak hij zacht, zalvend, 'voor een jonge vrouw niet gemakkelijk om hier bij de recherche van het bureau Warmoesstraat... toch een typische mannengemeenschap met een typische mannencultuur... te existeren. Ik had van jou meer begrip verwacht.'

'Waarvoor?'
Buitendam gebaarde heftig.
'Haar moeilijke situatie. Ze wil zich als jonge vrouw graag bewijzen. En je moet toegeven... ze heeft al snel opmerkelijke successen geboekt.'
De Cock negeerde de opmerking.
'Ik begrijp haar klacht niet,' sprak hij nukkig. 'Gabriëlle de Poortere is pas enkele dagen bij ons. Hoe kan ze nu al een gefundeerd oordeel hebben over mijn houding jegens vrouwelijke collega's?'
Commissaris Buitendam zuchtte.
'Ze verwijt jou, dat je haar onderzoek inzake Marinus Kleijn saboteert.'
'Hoe?'
'Je weigerde haar verzoek in te willigen om de man te verhoren.'
De Cock klemde zijn lippen op elkaar.
'Die weigering was terecht,' reageerde hij bits. 'Ik was niet de juiste man voor dat verhoor.'
Commissaris Buitendam grinnikte.
'Als er iemand is, die het verhoor van een verdachte op een...'
De Cock onderbrak hem.
'Marinus Kleijn is naar mijn gevoel onschuldig.'
'Onschuldig?'
De Cock knikte.
'Volgens mij heeft hij de moorden op Jeanne van Ark en Benny Lefeberus niet gepleegd,' sprak hij ernstig. 'De man zit hier beneden onschuldig in de cel. Ik zou u in overweging willen geven om hem in overleg met de officier van justitie heen te zenden.'
'Heenzenden?'
De Cock gebaarde in zijn richting.
'Dat zou een wijs besluit zijn.'
In de ogen van de commissaris gloeide argwaan.
'Heb je bewijzen voor zijn onschuld?'
De Cock schudde langzaam zijn hoofd.
'Nog niet.'
Commissaris Buitendam slikte.
'Denk je die bewijzen te kunnen produceren?'
De Cock aarzelde even.
'Ik hoop de ware moordenaar te kunnen ontmaskeren,' antwoordde hij simpel.

Commissaris Buitendam schudde zijn hoofd.
'En die moordenaar is niet de man beneden in de cel... niet Marinus Kleijn?'
De Cock ademde diep.
'Dat acht ik vrijwel uitgesloten.'
Commissaris Buitendam knikte traag voor zich uit.
'Volgens jou was de arrestatie van Marinus Kleijn dus een misstap?'
De Cock antwoordde niet direct. Hij monsterde het moderne mosgroene colbert dat Buitendam droeg... zijn veelkleurige stropdas. Daarna wreef hij met de rug van zijn hand langs zijn droog geworden lippen.
'Gabriëlle de Poortere,' opende hij voorzichtig, 'is een mooie jonge vrouw met aantrekkelijke vormen. Prikkelend. Opwindend. Het is prettig om in haar nabijheid te vertoeven. Het trage bloed stroomt wat sneller. Maar bij sommige mannen daalt daardoor ook hun beoordelingsniveau.'
De oude rechercheur zweeg even.
'Ik schat, dat u tot die catogorie mannen behoort voor wie dat geldt.'
Het duurde even voordat de woorden van De Cock tot de commissaris doordrongen... luttele seconden... meer niet. Toen kwam Buitendam wild uit zijn stoel overeind. Op zijn lang, smal gezicht verschenen blosjes van woede en zijn neusvleugels trilden. Hij strekte zijn rechterarm naar de deur.
'Eruit.'
De Cock ging.

De grijze speurder blikte om zich heen.
'Waar is onze Gabriëlle?'
Vledder trok zijn schouders op.
'Ze heeft haar mantel aangetrokken en is weggegaan.'
'Wanneer?'
'Onmiddellijk nadat jij naar de commissaris stapte.'
'Waar is ze heen?'
Vledder schoof zijn onderlip naar voren.
'Weet ik veel. Ik denk dat ze een confrontatie met jou voorlopig uit de weg gaat.' De jonge rechercheur keek op. 'Heeft ze geroddeld?'
De Cock spreidde zijn handen.
'Ik was volgens haar vrouw-onvriendelijk.'
'Wat was je?'

'Vrouw-onvriendelijk.'
Vledder lachte uitbundig.
'Ik heb mij er altijd al over verbaasd,' grapte hij, 'dat jouw vrouw het zo lang met jou heeft uitgehouden. Dat mens is een wonder van geduld.'
De Cock trok een verongelijkt gezicht.
'In ernst... ben ik vrouw-onvriendelijk?'
Vledder grijnsde.
'Onzin.'
De Cock liet zich opgelucht in zijn stoel achter zijn bureau zakken. Het vrouw-onvriendelijk incident beschouwde hij als afgedaan.
'Heb je Johnny van Dikke Neel, ik bedoel Johnny van Maasdam, al nagetrokken?'
Vledder knikte, bukte zich en nam uit een lade van zijn bureau een notitie.
'Hij heeft heel wat op zijn kerfstok... meest brute geweldsdelicten... staat bij ons ook als vuurgevaarlijk bekend. Ik heb contact opgenomen met de rechercheurs die de roofoverval op die supermarkt in Wageningen hebben behandeld. Men vermoedt, dat Johnny van Maasdam toen al lid was van de bende van Jeanne d'Arc en verantwoordelijk is voor de moord op de al wat bejaarde bedrijfsleider.'
'Wordt hij gezocht?'
Vledder schudde zijn hoofd.
'Er lopen geen opsporingsberichten. Men beschikt in Wageningen over te weinig aanwijzingen. De verklaringen van de getuigen zijn nogal vaag... spreken elkaar soms tegen.'
'Is er iets bekend over een woon- of verblijfplaats?'
Vledder schudde zijn hoofd.
'Volgens de gegevens van het bevolkingsregister woont hij nog steeds bij zijn oude moeder.'
De Cock knikte begrijpend.
'Heb je naar aanleiding van het verhaal van Smalle Lowietje nog contact opgenomen met Schiphol?'
Vledder knikte.
'Men was niet erg onder de indruk, dat er plannen waren voor het beroven van een goudtransport. Het schijnt dat er met de regelmaat van de klok plannen worden beraamd... uitlekken en op een of andere manier Schiphol bereiken. Men maakt zich geen zorgen. Het

beveiligingssysteem is zo betrouwbaar, meent men, dat geen enkele poging tot roof een kans maakt.'
De jonge rechercheur glimlachte.
'De man die ik aan de lijn had, schrok toch wel even toen ik de naam Johnny van Maasdam noemde.'
De Cock keek hem verrast aan.
'Waarom?'
'Hij heeft jaren geleden op Schiphol gewerkt.'
De Cock plukte aan het puntje van zijn neus.
'En kent het systeem van beveiliging.'
'Precies.'

Er was maar weinig belangstelling. Nabij de ingang van de begraafplaats Zorgvlied aan de Amstel stonden slechts enkele wagens geparkeerd. Er was een bejaarde Renault 4, een Opel Kadett en een roestige eend.
Dick Vledder reed aan de wagens voorbij en parkeerde wat verderop. Ze verlieten de Golf en liepen over het grind van de oprijlaan. Het regende een beetje. De Cock trok de kraag van zijn jas omhoog en schoof zijn hoedje wat naar voren.
Vledder blikte hem van terzijde aan.
'Waarom wil je naar haar begrafenis?'
De Cock grijnsde.
'Ik ben benieuwd wie er belangstelling heeft voor een dode Jeanne van Ark. Ik heb het gevoel dat wij al haar bendeleden nog niet kennen.'
'Je bedoelt, dat er naast Benny Lefeberus en Johnny van Maasdam nog andere leden tot haar bende hebben behoord?'
De Cock knikte.
'Absoluut. Bijvoorbeeld de geheimzinnige Joost, van wie schoolmeester Richard de Boer ons berichtte.' De oude rechercheur grinnikte. 'Als we geluk hebben, komt hij aan de arm van Johnny van Maasdam.'
Vledder gniffelde.
'Daar zou ik maar niet op rekenen. De hele penoze weet dat jij vrijwel nooit de begrafenis van een slachtoffer overslaat.' De jonge rechercheur zweeg even. 'Zou je hem herkennen?'
'Wie?'
'Johnny van Maasdam?'

De Cock tastte in een binnenzak van zijn colbert.
'Ik heb bij de herkenningsdienst een foto van hem opgevraagd. Vrij recent.'
Vledder nam de foto van hem over.
'Een knap jongenskoppie. Week. Je ziet het geweld niet aan hem af.'
De Cock knikte.
'Een babyface... dat zie je vaak bij killers.'
Bij de ingang van de aula stond een groepje nieuwsgierigen. De Cock herkende enkelen van hen, die uit een morbide belangstelling de begrafenis van elk slachtoffer van moord bijwoonden. Toen de deuren opengingen, schoven ze naar binnen.
De Cock nam zijn hoedje in de hand en zocht een plekje achteraan tegen de eiken lambrizering. Vledder volgde gedwee.
Zware orgelklanken dreunden op hen neer. Toen de laatste tonen waren verstorven, stapte een grijzende heer in een glimmend zwarte toga naar het kathedertje. Hij kuchte indrukwekkend en sprak over de satan, die blijkbaar regeerde nu de mensen verblind door weelde, de weg naar God niet meer konden vinden.
De Cock luisterde aanvankelijk geboeid, maar zijn interesse ebde al spoedig weg. De zalvend uitgesproken tekst kwam hem bekend voor. Blijkbaar had de dominee niet de moeite genomen om zich in het leven van het slachtoffer te verdiepen en gemakshalve had hij teruggegrepen op een oude preek, die de grijze speurder in het verleden al eens bij een teraardebestelling had aangehoord.
De Cock liet zijn scherpe blik over de ruggen van de aanwezigen dwalen, maar ontdekte niemand die zijn bijzondere belangstelling waard was. Er was geen enkele jongen uit de penoze te ontwaren.
Vanuit de zoldering kwamen opnieuw zware orgelklanken. De grijze heer in toga was weg. Een ploeg dragers schaarde zich aan weerszijden van de baar. Achter hen gleden de deuren open. Grauw daglicht stroomde binnen. De dragers tilden de baar op hun schouders en liepen de regen tegemoet. De belangstellenden schuifelden achter hen aan en openden hun paraplu's.
De beide rechercheurs bleven nog even in de aula staan. Pas toen de kleine stoet was geformeerd, volgden ze op een afstand.
Vledder veegde de regen uit zijn gezicht. Hij hield niet van kerkhoven en begraafplaatsen.
'Zullen we teruggaan naar de Kit? Geen Johnny van Maasdam...

geen geheimzinnige Joost te bekennen. Wat moeten we hier nog langer zoeken?'
De Cock keek even naar hem, maar antwoordde niet. Met een mokkende Vledder naast zich bleef hij de baar op een afstandje volgen. Bij een open groeve hield de stoet stil. De dragers schoven de baar van hun schouders. Ze namen het kleed dat de baar bedekte weg en legden de kist op de lift. In een moment van intense stilte klonk het tikken van de regen op het deksel.
De belangstellenden groepeerden zich in kringen om het graf.
De Cock zakte iets door zijn knieën. Zijn blik gleed langs de strakke gezichten onder de paraplu's. Ineens hield hij zijn adem in. Achteraan, in de laatste kring, ontdekte hij de gestalten van een jonge man en een jonge vrouw.
De Cock stootte Vledder aan en wees onopvallend in hun richting.
De mond van de jonge rechercheur zakte half open.
'Gabriëlle de Poortere.'
De Cock knikte.
'Aan de arm van Stephan van den Berg.'

12

Ze reden met hun Golf van het parkeerterrein van de begraafplaats Zorgvlied aan de Amstel weg. De bejaarde Renault vier, de Opel Kadett en de roestige eend stonden er nog.
Het regende niet meer. Een vriendelijk zonnetje prikte schuchter door het wolkendek en toverde spiegelend een gouden streep op het door een zacht briesje rimpelende water van de Amstel.
Vledder, aan het stuur, blikte opzij.
'Waarmee zouden zij zijn gekomen... de Renault vier, de Opel Kadett of de roestige eend?'
'Wie?'
'Gabriëlle de Poortere en Stephan van den Berg?'
De Cock gniffelde.
'Ik schat de roestige eend. Maar misschien zijn ze toch met een politiewagen en hebben ze die ergens anders geparkeerd. Ik zal straks Hans Rijpkema aan bureau Meer en Vaart eens vragen of hij die Van den Berg een wagen heeft meegegeven en waarvoor.'
Vledder wreef over zijn kin.
'Zouden ze ons hebben gezien?' vroeg hij peinzend. 'Ik bedoel, het zou toch normaal zijn geweest als ze naar ons toe waren gekomen?'
De Cock glimlachte.
'Tenzij ze op eigen houtje aan het klussen zijn.'
Vledder trok een denkrimpel in zijn voorhoofd.
'Zonder dat Hans Rijpkema daar iets van weet?'
De Cock knikte.
'Als ze om dezelfde reden als wij op de begraafplaats Zorgvlied waren... kijken wie er belangstelling heeft voor de dode Jeanne van Ark... dan zullen ze ons zeker hebben opgemerkt.'
Vledder grinnikte vreugdeloos.
'Je kunt van Gabriëlle de Poortere niet zeggen dat ze gebrek aan initiatief toont,' sprak hij met enige bewondering. 'Ze probeert zelfs zonder ons de zaak te klaren.'
De Cock knikte.
'Aan de arm van de vermoedelijk wel vrouw-vriendelijke Stephan van den Berg.'
Het klonk cynisch.
Vledder grijnsde.

'Dat vrouw-onvriendelijk zit je wel dwars.'
De Cock knikte.
'Het is zo'n modekreet. Ben ik koe-onvriendelijk omdat ik wel eens een biefstuk eet?'
Vledder lachte.
'Laat Gabriëlle de Poortere je niet horen,' gniffelde hij denigrerend. 'Ze zal onmiddellijk naar de commissaris snellen om te zeggen dat je vrouwen met koeien vergelijkt.'
De Cock zuchtte.
'Waar mannen en vrouwen in een organisatie samenwerken, zal er altijd een tintelend spanningsveld tussen de geslachten blijven.' Er dartelde een glimlach om zijn mond. 'Ik denk dat Onze-Lieve-Heer dat ook zo heeft gewild.'
Ze reden langs de Amstel, onder de Utrechtsebrug door en verder over de Amsteldijk naar de Stadhouderskade. Voor ze via de Nassaukade en de Rozengracht de Raadhuisstraat hadden bereikt, stonden ze vier keer muurvast in een file.
Vledder ergerde zich mateloos aan het verkeer in de stad. Hij wond zich steeds meer op.
'Wat hebben wij voor een stadsbestuur?' vroeg hij zich hardop af. 'De Amsterdamse stedemaagd... ik geloof nooit dat ze nog maagd is... sterft aan een hartinfarct. Haar aderen slibben dicht. En onze Kit... over een jaar kunnen we die sluiten. Dan is de Warmoesstraat voor een auto onbereikbaar geworden.'
De jonge rechercheur leunde achterover.
'Maar misschien kopen ze voor ons binnenkort van die scooters. Bij een arrestatie... de verdachte achterop... met een valhelm op zijn kop.'
De Cock luisterde niet naar het gemekker van zijn jonge collega. Met zijn autogordel losgetrokken zat hij diep onderuitgezakt naast hem. De rand van zijn hoedje balanceerde op de rug van zijn neus. De grijze speurder overdacht welke mogelijkheden hij nog had om de beide moorden tot een oplossing te brengen. Wie had er belang bij de dood van Jeanne van Ark en Benny Lefeberus? Johnny van Dikke Neel? Gezien de plannen die Johnny van Maasdam koesterde inzake een goudtransport op Schiphol, leek hem dat niet zinvol. Daarbij had hij hulp nodig van mensen met enige ervaring op het gebied van overvallen.
Was er sprake van een oude vete? Zo ja, waar lag de oorsprong van

die vete... bij wie? Onderlinge ruzie over de verdeling van de buit... welke buit? Hoeveel roofovervallen had de bende gepleegd voor die affaire met een fatale afloop bij de supermarkt in Wageningen? Wat hadden die overvallen opgebracht? In Wageningen vermoedde men, dat naast Jeanne van Ark nog drie anderen bij de overval waren betrokken. Wie waren dat? Benny Lefeberus, Johnny van Maasdam... wie was die geheimzinnige vierde man... of was die vierde man... net als Jeanne van Ark... een vrouw?
De vragen tolden rond in zijn gedachten. Het ellendige was, dat hij voor de beide moorden geen redelijk motief kon bedenken. Het leek volkomen zinloos. En wat hem vooral bezighield, was de vraag: waarom dat gebruik van panty's?
Ineens voelde hij in de steekzak van zijn regenjas een sleutel... de sleutel van de woning van Benny Lefeberus aan de Bos en Lommerweg. Hij had die sleutel achteloos in zijn zak gestoken toen moeder Lefeberus hem die gaf. Met een ruk kwam hij overeind.
'Waar zijn we?' vroeg hij verward.
Vledder wees naar de voorruit.
'We staan achter het Koninklijk Paleis.'
'En waar gaan we heen?'
Vledder keek hem verwonderd aan.
'Ik probeer al meer dan een uur in de Warmoesstraat te komen.'
De Cock schudde zijn hoofd.
'Probeer de Golf uit deze chaos te verlossen. We gaan naar de Bos en Lommerweg.'
'Wat is daar?'
'De officiële woon- en verblijfplaats van vermoorde Benny Lefeberus. Daar verbleef hij wanneer hij zich veilig waande.'

Vledder vond na lang zoeken een parkeerplaatsje voor de politiewagen in een zijstraat. De beide rechercheurs stapten uit en slenterden naar de Bos en Lommerweg. Het was er druk. Over de brede trottoirs schuifelde het winkelend publiek in groten getale.
De Cock blikte verwonderd om zich heen. Hij was hier jaren niet geweest. In zijn herinnering was de Bos en Lommerweg nog een stille rustige straat aan de rand van de stad.
'Wat is het vandaag voor een dag?'
Vledder schoof de mouw van zijn colbert iets terug en keek op zijn horloge. 'Vrijdag, kwart voor twee.'

De Cock schudde zijn hoofd.
'Vroeger kon je hier een kanon afschieten.'
Vledder reageerde niet.
'Weet je het nummer?'
De Cock knikte.
'Twaalfhonderdzeventien... derde etage.'
'Kunnen we erin?'
De Cock tastte in de zak van zijn regenjas.
'Ik heb een sleutel.'
Vledder keek hem verbaasd aan.
'Hoe kom je daar aan?'
'Gekregen... van moeder Lefeberus... toen ik haar na de dood van haar zoon thuisbracht. Ze kwam hier wel eens. Zo af en toe haalde ze de bezem door de woning van haar Benny en hield een oogje in het zeil. Ze wilde niet dat hij in zijn vuil omkwam.'
De oude rechercheur zweeg even.
'Ik had al eens eerder een kijkje in zijn woning willen nemen, maar er kwam steeds iets tussen.'
'Wat dacht je er te vinden?'
De Cock maakte een onzeker gebaar.
'Ik heb geen idee,' verzuchtte hij. 'Als we geluk hebben, dan hield Benny Lefeberus er een soort privé-boekhouding op na... een volledige lijst van de door de bende van Jeanne d'Arc gepleegde overvallen... compleet met een omschrijving van de buit.'
Vledder lachte vrijuit.
'Je bent een grenzeloze optimist.'
De Cock trok een verongelijkt gezicht.
'Je moet als rechercheur het geluk afdwingen,' sprak hij ernstig. 'Het resultaat van zo'n onderzoek is nooit te voorspellen. Misschien heeft hij ergens in een agenda de namen van zijn makkers genoteerd. Zulke dingen gebeuren. Hoe dan ook... het lijkt mij in ieder geval de moeite waard om er eens te snuffelen.'
Vledder snoof.
'Graven en snuffelen in het leven van anderen. Voyeur van de staat... wat een vak.'
De Cock keek hem bestraffend aan.
'We zijn geen voyeurs omdat we daar genoegen aan beleven. Recherche is een mooi vak. Anders had ik het niet zo lang uitgehouden.'

Vledder zweeg.
De oude rechercheur blikte opzij.
'Denk straks eens aan een verjaardagskalender,' sprak hij belerend. 'Die hangt meest in de wc. Ik heb er in het verleden wel eens successen mee geboekt.'
Vledder lachte.
'De namen en verjaardagen van mededaders.'
'Precies.'
Omdat het langzaam voortschuifelende publiek hen weinig loopruimte bood, zochten de beide rechercheurs zich een weg met hoog opgetrokken ellebogen. Het veroorzaakte een reeks irritaties en een bijna-vechtpartij met een zwaargebouwde man.
Voor nummer 1217 bleven ze staan en keken langs de bakstenen gevel omhoog. Het huis had niet meer dan drie verdiepingen en een zolder. Op de derde etage waren de gordijnen toegeschoven.
De toegangsdeur, in een ondiepe portiek, bleek gesloten. De Cock nam uit zijn broekzak het apparaatje dat hij eens, lang geleden, van zijn vriend en ex-inbreker Handige Henkie had gekregen.
Vledder keek verbaasd.
'Ik dacht dat je een sleutel had?'
De Cock knikte.
'Van de woningdeur boven. Moeder Lefeberus is blijkbaar vergeten mij ook de sleutel van de buitendeur te geven. Daar heeft ze op dat moment... net als ik... niet aan gedacht.' Hij grinnikte jongensachtig. 'Maar dat is geen bezwaar.'
Met kennersblik zocht de oude rechercheur de juiste sleutelbaard uit het koperen houdertje. In luttele seconden had hij de deur open en liep voor Vledder uit over een smal portaal naar een houten trap.
Moeizaam hees De Cock zijn negentig kilo langs de trap omhoog. De uitgesleten treden kraakten onder zijn voeten. Op het portaal van de derde etage bleef hij staan en bracht hijgend zijn ademhaling en verstoorde hartslag weer in een aanvaardbaar ritme.
Vledder keek hem lachend aan.
'Het wordt tijd dat je wat aan je conditie gaat doen,' sprak hij hoofdschuddend. 'Ik schat, dat je voor bergbeklimmen niet meer geschikt bent.'
De Cock trok zijn schouders iets op.
'Bergbeklimmen,' sprak hij met een zweem van minachting, 'dat heb ik altijd zo'n onzinnige sport gevonden. Je leven riskeren om te

kunnen zeggen dat je de kale top van een berg hebt bereikt?'
Vledder keek hem schattend aan.
'Ik begrijp jouw afschuw. Voor jouw pycnische habitus is geen sport te bedenken.'
De Cock draaide zich brommend om. Met de sleutel van moeder Lefeberus in zijn hand liep de oude rechercheur op de woningdeur toe. Tot zijn verbazing constateerde hij, dat die niet was afgesloten. De deur stond op een kier. Voorzichtig, met de neus van zijn rechterschoen, drukte hij de deur verder open en stapte naar binnen.
Vledder volgde.
Het was aardedonker in de woning. De Cock pakte zijn zaklantaarn en liet een ovaal van licht langs wanden en deuren dwalen. Het bleek een kleine hal met een staande klok en een lege kapstok. Rechts leidde een halfopen deur naar de keuken. Op een vervuild gascomfort stond een steelpannetje met aangekoekte etensresten en in de gootsteen een plastic bak met besmeurd serviesgoed in verschaald sop.
Vledder trok zijn neus op.
'Een vieze boel,' fluisterde hij.
De Cock knikte.
'Hier ontbreekt een vrouwenhand.'
Via de keuken bereikten ze een ruime woonkamer met een roomkleurig lederen bankstel om een lage ronde tafel met een glazen plaat. Op de vloer lag een hoogpolig berbertapijt. Links tegen de wand stond een modern bureau met daarop een personal computer.
Vledder wees ernaar.
'Zal ik hem aanzetten?' vroeg hij zacht. 'Ik heb er thuis ook zo een. Misschien heeft dat ding wel de bestanden waar wij naar zoeken.'
De Cock schudde zijn hoofd.
'We laten straks een expert van het hoofdbureau opdraven. Die is er voor opgeleid. Ik heb geen zin om brokken te maken.'
De oude rechercheur trok een grijns.
'Bovendien... het zou mij niets verbazen als die computer alleen voor spelletjes werd gebruikt.'
Vledder stak zijn beide handen vooruit.
'Het is doodeenvoudig,' protesteerde hij. 'Ik heb een cursus gevolgd en als je de juiste...'
De Cock luisterde niet. Ineens verstarde hij... trokken door zijn hele lijf de aderen en spieren samen. Abrupt onderbrekend stootte hij zijn

jonge collega aan. Het gele ovale licht van de zaklantaarn van de grijze speurder bleef trillend gericht op een vierkante halfvolle fles jonge jenever tussen twee borrelglaasjes. Ze stonden midden op de glazen plaat van de lage ronde tafel. Een van de borrelglaasjes was groezelig, beduimeld. Het andere was pijnlijk schoon.
De oude rechercheur kwam na enkele seconden uit zijn verstarring los. Zijn hand gleed tastend naar een schakelaar naast de deur die van de keuken naar de kamer leidde. Ineens baadde de kamer in het volle licht.
De Cock knipperde even met zijn ogen en liep toen verder de kamer in. Zijn scherpe blik gleed over het hoogpolig berbertapijt. Hij liep achter de lederen bank om en verschoof de gordijnen.
Toen hij niet vond wat hij zocht, liep hij naar een aangrenzend vertrek. Ook daar had hij de lichtschakelaar snel gevonden.
Midden in de kamer, op een breed bed, lag op zijn rug het lichaam van een jonge man. Zijn benen waren iets gespreid en zijn armen... eindigend in halfgekromde handen... lagen slap langs zijn lichaam. Met wijd opengesperde ogen staarde hij naar de zoldering. Het leek alsof de dood hem in verbazing had gegrepen.
De Cock bukte zich iets naar voren en bezag de stand van de pupillen. Ze waren sterk verwijd.
Vledder kwam naast hem staan.
'Spiernaakt,' lispelde hij geschokt. 'En om zijn nek... een panty.'
De Cock reageerde niet. Hij bukte zich nog iets verder naar voren en zocht naar insnoeringen in de hals. Ze waren er niet.
De oude rechercheur zuchtte diep. Het was in korte tijd de derde panty die hij om de nek van een slachtoffer zag. Bezorgd vroeg hij zich af hoe groot de voorraad van de moordenaar nog was.
Vledder liet zijn blik nog eens over het gelaat van de dode dwalen.
'Babyface,' sprak hij hees. 'Ik herken hem van de foto. Babyface... Johnny van Maasdam.'
De Cock knikte.
'Zoon van Dikke Neel... vermoord op dezelfde manier als Benny Lefeberus.'

13

Toen de onaandoenlijke broeders van de Geneeskundige Dienst het lijk van Johnny van Maasdam wiegend op een brancard uit de woning hadden gedragen, schoof De Cock de gordijnen aan de straatzijde open en liet het daglicht toe. Vanuit het raam zag hij hoe de ambulancewagen van het trottoir wegreed en zich in het drukke verkeer mengde. Zijn blik volgde de wagen tot die uit het gezicht verdween. Het bezorgde hem steeds weer een melancholiek gevoel, wanneer hij het slachtoffer van een misdrijf zag afvoeren.
Johnny van Maasdam exit.
De oude rechercheur drukte de melancholie uit zijn hart. Lange jaren van ervaring met misdaad, leed en verdriet hadden hem geleerd zijn gevoelens te beheersen. Hij wreef zich peinzend over de kin en vroeg zich af wanneer en waarom Johnny van Maasdam in de woning van Benny Lefeberus was getrokken en... wie daarvan op de hoogte was.
Met wie waren Benny Lefeberus en Johnny van Maasdam zo vertrouwd, dat zij argeloos een borreltje met hem of haar dronken. Want één ding was duidelijk: beiden hadden zich niet verweerd... hadden het gif dat hen werd toegediend, gedronken zonder enige argwaan te koesteren.
Met iets gespreide benen bleef de grijze speurder bij het raam staan. In zijn gedachten liet hij het onderzoek van die middag nog eens aan zich voorbijtrekken.
Dokter Den Koninghe, de oude lijkschouwer, had op zijn eigen laconieke wijze de dood geconstateerd. Hij had terloops opgemerkt dat de lijkstijfheid bij Johnny van Maasdam algemeen was en had opnieuw gesproken van een duidelijke farmacologische reactie die op vergiftiging wees.
Ben Kreuger, de dactyloscoop, had een paar greepjes gevonden, maar toonde zich niet optimistisch over de mogelijkheden tot identificatie. De sporen waren volgens hem te veel verveegd.
Bram van Wielingen had zich tijdens het onderzoek vreemd gedragen. Afstandelijk, nerveus. Het was duidelijk dat hij een direct persoonlijk contact ontweek.
Hij had snel en zwijgend zijn plaatjes geschoten en was zonder enige discussie of commentaar van de plaats-delict verdwenen. Hij had

zelfs geen afscheid genomen. En dat was, zo bedacht De Cock, ongewoon voor de anders zo vrolijke en levenslustige fotograaf. De oude rechercheur besloot hem straks te bellen en hem te vragen hoe zijn zwager in Wageningen op de dood van Jeanne van Ark en haar mede-bendelid Benny Lefeberus had gereageerd.
Vledder kwam naast hem staan.
'Weet je nog wat wij hier kwamen doen?'
De Cock knikte.
'Snuffelen.'
Vledder trok een droevige grijns.
'Dat hoeft niet meer,' sprak hij timide. 'Een ander is ons voor geweest. Er is naar iets gezocht. Zorgvuldig. Kasten en laden zijn overhoopgehaald. Er is in de hele woning geen velletje papier zo groot als een postzegel te vinden.'
De Cock knikte begrijpend.
'Vuurwapens?'
Vledder schudde zijn hoofd.
'Ook geen munitie.'
De Cock kauwde even op zijn onderlip.
'Vreemd,' sprak hij wat afwezig. 'Johnny van Maasdam was bezeten van vuurwapens. Hij bezat er vermoedelijk meer dan één. Niet voor niets stond hij als vuurwapengevaarlijk te boek.'
Vledder haalde zijn schouders op.
'De moordenaar zal de wapens hebben meegenomen.'
De jonge rechercheur trok denkrimpels in zijn voorhoofd.
'Als Johnny van Maasdam,' formuleerde hij voorzichtig, 'de man is die in Wageningen de bejaarde bedrijfsleider van de supermarkt heeft doodgeschoten, dan neemt hij die moord mee in zijn graf.'
De Cock knikte.
'Je hebt gelijk,' sprak hij instemmend. 'Het valt nu vrijwel niet meer te bewijzen dat hij het was. Geen officier van justitie zal er nog aan beginnen. Bovendien... volgens de wet vervalt strafvervolging bij de dood van de verdachte.'
Vledder lachte. 'Een dwaze bepaling. Je kunt moeilijk een dode voor jaren in een cel plaatsen.'
De Cock trok een ernstig gezicht.
'Je kunt een dode wel achteraf straffen voor daden tijdens zijn leven gepleegd, en daarbij zijn eigendommen confisqueren, zodat ze aan de Staat vervallen. Dat is in het verleden wel gebeurd.'

'Een smerige streek.'
De Cock knikte.
'Vooral voor de erfgenamen.'
Vledder grinnikte vreugdeloos.
'Hoe je er ook over denkt... we mogen zijn moordenaar wel dankbaar zijn. Wie weet hoeveel moorden Johnny van Maasdam met zijn killersinstinct nog zou hebben gepleegd. Hij was nog jong.'
De jonge rechercheur zweeg even en spreidde zijn beide handen.
'Als we het toch over de Staat hebben... onze geheimzinnige moordenaar bespaart de Staat der Nederlanden een hoop geld.'
De Cock fronste zijn wenkbrauwen.
'Je bedoelt,' reageerde hij loom, 'aan opsporing, vervolging, berechting en bestraffing... in die volgorde.'
Vledder knikte nadrukkelijk.
'Een kapitaal. Jeanne van Ark, Benny Lefeberus en Johnny van Maasdam hadden gezamenlijk heel wat jaartjes lik te goed.'
De Cock keek zijn jonge collega bestraffend aan, maar ontweek een hernieuwde discussie over het onderwerp. Vledder spreidde zijn beide armen in een weids gebaar en gniffelde.
'En hier in de wc,' sprak hij met leedvermaak, 'hangt geen verjaardagskalender.'
De Cock trok gelaten zijn schouders op.
'Ik zal moeder Lefeberus eens vragen,' reageerde hij rustig, 'of Benny wel van verjaardagen hield.'
De oude rechercheur krabde zich nadenkend in de nek.
'De computerexpert?'
Vledder maakte een verontschuldigend gebaar.
'Die kan pas morgen in de middag komen. Hij was bezig met een onderzoek naar een hacker*. We kunnen het hele spul ook op het Hoofdbureau naar hem toe brengen.'
De Cock schudde zijn hoofd.
'Daar begin ik niet aan,' sprak hij resoluut. 'Ik vind computers griezelige dingen.'
Vledder lachte.
'Het wordt tijd dat je met pensioen gaat. Ze zijn niet griezelig. Kinderen spelen al met computers.'
De oude rechercheur reageerde niet. Hij draaide zich half om en

* Een computerkraker.

wees naar de ronde tafel met de vierkante fles en de twee borrelglaasjes. 'Dat spulletje moet weer naar Rijswijk.'
Vledder knikte.
'Ik zal er voor zorgen.'
'Heb je al een uitslag van het laboratorium?'
'Je bedoelt van het vergif dat vermoedelijk bij de moord op Benny Lefeberus werd gebruikt?'
'Ja.'
Vledder trok een pijnlijk gezicht.
'Ik heb vanmorgen nog gebeld... voor de tweede keer. Ze zijn er in Rijswijk nog niet uit. Vermoedelijk is het een alkaloïde... een plantengif in combinatie met een andere stof. Men denkt aan insuline. Het moet een combinatie zijn die vrij snel tot bewusteloosheid en dood leidt.'
De Cock knikte en liep bij Vledder weg naar de slaapkamer waar ze het lijk van Johnny van Maasdam hadden aangetroffen. De scherpe blik van de oude speurder bleef rusten op een bundeltje kleren op een stoel naast het bed.
Vledder kwam hem na en volgde zijn blik.
'Waarom,' vroeg hij zuchtend, 'neemt iemand de moeite om na de moord zijn slachtoffer te ontkleden en een panty om zijn nek te binden?'
De Cock trok zijn gezicht strak.
'Als ik het antwoord op die vraag wist... kende ik de moordenaar.'

Toen De Cock met Vledder in zijn kielzog de hal van het politiebureau aan de Warmoesstraat binnenstapte, wenkte Jan Kusters hem met een kromme vinger.
De Cock liep op de balie toe. Hij monsterde het gezicht van de wachtcommandant. Het stond op storm.
'Wat is er?' vroeg hij bezorgd. 'Er is toch niet nog een lijk?'
Jan Kusters schudde zijn hoofd en wees naar het mutatierapport in de schrijfmachine op zijn bureau.
'Marinus Kleijn is weg.'
De Cock keek hem niet-begrijpend aan.
'Hoe bedoel je... weg?'
'Hij is op last van de commissaris heengezonden.'
De Cock glimlachte.
'Prachtig.'

De wachtcommandant gebaarde omhoog.
'Die griet is woest.'
De Cock veinsde verbazing.
'Welke griet?'
'Die griet, die bij jullie hoort... die Gabriëlle de Poortere. Ze verwijt Buitendam dat hij zich door jou heeft laten ompraten.'
De Cock kneep zijn ogen half dicht.
'Openlijk?'
Jan Kusters knikte.
'Ze kwam hier bij mij aan de balie en vroeg of zij de arrestant Marinus Kleijn mee kon krijgen voor een nader verhoor.'
'Hoe laat was dat?'
'Een uur of twee.'
'En?'
De wachtcommandant maakte een schouderbeweging.
'Ik vertelde haar dat de arrestant Marinus Kleijn al ruim een uur geleden op last van de commissaris was heengezonden.'
Jan Kusters sloeg zijn hand voor zijn mond.
'Mensen, mensen, wat ging die meid tekeer. "Dat is het werk van die oude De Cock", schreeuwde ze. "Die mag mij niet... die gunt mij dit succes niet". Ze trommelde hier met haar vuisten op de balie. "Ik zal Buitendam", siste ze, "eens vertellen hoe ik over zijn leiding denk".'
De Cock schoof zijn onderlip naar voren.
'Toe maar.' Het klonk geamuseerd.
De wachtcommandant gebaarde naar de trap.
'Ze is naar boven gevlogen. Woedend.'
'Naar de commissaris?'
De wachtcommandant grinnikte.
'Dat vermoed ik. Hondsbrutaal. Zij is zo'n type die dat doet.'
De Cock schudde zijn hoofd.
'Ik vrees, dat Gabriëlle de Poortere bij de recherche geen lang leven is beschoren.'
De grijze speurder draaide zich half om en keek in het gezicht van Vledder. Het zag bleek. De jonge rechercheur ademde diep.
'Is het waar?'
'Wat?'
'Heb jij vanmorgen commissaris Buitendam aangeraden om Marinus Kleijn heen te zenden?'

De Cock knikte.
'Ik heb hem gezegd dat het een wijs besluit zou zijn als hij dat in overleg met de officier van justitie zou doen.'
Vledder schudde zijn hoofd.
'Een wijs besluit?' Zijn stem trilde van ongeloof.
'Weet je, dat ik mede-verantwoordelijk ben voor zijn arrestatie? Mijn naam en handtekening staan in het proces-verbaal van aanhouding.'
De Cock sloot even zijn ogen.
'Dat weet ik.'
Vledder hield zijn hoofd iets schuin.
'Toch adviseerde jij Buitendam om Marinus Kleijn heen te zenden?'
De Cock zuchtte diep.
Het onderhoud deed hem pijn. Hij had spijt dat hij zijn jonge collega niet onmiddellijk had ingelicht. De oude rechercheur had ook niet verwacht dat commissaris Buitendam na het stormachtige onderhoud zo snel zou reageren.
'Marinus Kleijn is onschuldig,' antwoordde hij kalm. 'Elk uur dat hij langer in de cel zat, was naar mijn gevoel een uur te veel.'
Vledder zwaaide met zijn armen.
'Gevoel,' snoof hij verachtelijk, 'gevoel. Heb je bewijzen van zijn onschuld... weet je wie de werkelijke dader is?'
De Cock schudde zijn hoofd.
'Dat weet ik niet.'
De jonge rechercheur stak zijn wijsvinger beschuldigend naar hem uit. 'En die panty's,' brieste hij, 'die panty's die Gabriëlle de Poortere in zijn nachtkastje vond?'
De Cock antwoordde niet. Hij bleef even staan. Besluiteloos. Toen liep hij bij de jonge rechercheur vandaan de trap op.
Vledder volgde mokkend.
Toen de grijze speurder de recherchekamer binnenstapte, stormde Gabriëlle de Poortere op hem af. Haar gezicht zag rood en haar blonde haren hingen verward langs haar hoofd.
'Dat is uw werk,' snauwde ze.
De Cock veinsde onbegrip.
'Wat?'
Gabriëlle de Poortere duimde over haar schouders.
'Het heenzenden,' riep ze luid. 'Het heenzenden van de arrestant Marinus Kleijn. U hebt dat geadviseerd en commissaris Buitendam

heeft het niet aangedurfd om uw advies naast zich neer te leggen. Hij is een slappeling... een slappeling, zoals elke chef bij de Amsterdamse politie.'
De Cock tuitte zijn lippen.
'Dat is jouw overtuiging?' vroeg hij bedaard.
Gabriëlle de Poortere knikte nadrukkelijk.
'Absoluut. Er deugt niets meer in dit korps van oude fossiele knarren.'
De Cock voelde geen lust tot een discussie. Hij liep aan haar voorbij, hing zijn hoedje aan de kapstok en wurmde zich uit zijn regenjas.
Gabriëlle liep hem na.
'Commentaar?' vroeg ze strijdlustig.
De Cock schudde zijn hoofd.
'Ik vind alleen dat je snelle conclusies trekt,' sprak hij gelaten. Hij trok zijn schouders op. 'Maar misschien hoort dat wel bij jonge mensen.'
De oude rechercheur liet zich in zijn stoel achter zijn bureau zakken.
'Vledder en ik komen net terug van de Bos en Lommerweg,' ging hij rustig verder. 'Daar, op de derde etage, in de woning van Benny Lefeberus, troffen wij het lijk van Johnny van Maasdam aan.'
Gabriëlle de Poortere keek hem argwanend aan.
'Wie is... eh, Johnny van Maasdam?'
'Net als Benny Lefeberus een voormalig lid van de bende van Jeanne d'Arc.'
Gabriëlle de Poortere boog zich iets naar hem toe.
'Vermoord?'
De Cock knikte traag.
'We troffen hem spiernaakt aan... en om zijn nek zat een nylon panty.'
Gabriëlle de Poortere keek hem met grote ogen aan. Haar onderlip trilde.
'Een nylon panty?' herhaalde ze hees.
De Cock gebaarde in haar richting.
'Net als bij Jeanne van Ark en Benny Lefeberus.'
Gabriëlle de Poortere sloeg haar beide handen voor haar gezicht.
'Marinus Kleijn...' hijgde ze, 'hij heeft opnieuw toegeslagen.' Haar boezem deinde op en neer. 'En u hebt hem die kans gegeven.'

14

De Cock had moeie voeten.
Met een van pijn vertrokken gezicht tilde hij zijn benen omhoog en legde ze heel voorzichtig op een hoekje van zijn bureau. Het was daarbij alsof duizenden kleine duiveltjes met even zovele spelden geniepig in zijn kuiten prikten. Dat was een slecht teken, wist hij. Telkens wanneer de zaken niet naar wens verliepen, wanneer hij het gevoel had steeds verder van de oplossing weg te drijven, kroop de vermoeidheid in zijn voeten en speelden geniepige duiveltjes hun sadistisch spel.
Wat hem het meest benauwde, was het onheilspellende gevoel dat het nog niet was afgelopen, dat er nog meerdere gelijksoortige moorden zouden worden gepleegd. Hoewel hij het rationeel niet kon onderbouwen, bleef dat gevoel hem beheersen.
Buiten die angst voor nieuwe moorden, waren er twijfels en onbegrip omtrent het motief. De moordenaar was een maniak met een vast gedragspatroon. Maar wat betekende naakt en een panty om de nek van zijn slachtoffers? Waarom waren de slachtoffers tot nu toe slechts lieden met een crimineel verleden?
De grijze speurder hoopte vurig op een inspirerende vonk, die hem het hoe en waarom van de moorden zou openbaren. Maar in welk tempo hij het mechanisme van zijn denken ook liet draaien, de bevrijdende vonk kwam niet. Dat knaagde aan zijn gemoed.
De beschuldiging van Gabriëlle de Poortere, dat hij in feite verantwoordelijk was voor de moord op Johnny van Maasdam, raakte hem niet. Hij had altijd op zijn intuïtie vertrouwd. Marinus Kleijn was geen moordenaar.
Het lot had de eerzame boekverkoper op een donkere avond voor Kerstmis in contact gebracht met Jeanne van Ark... een misdadige Jeanne van Ark, die na haar ontsnapping uit de gevangenis in Breda langs de weg stond te liften. De wat schuchtere Marinus Kleijn was verliefd op die vrouw geworden. Een wandaad?
De oude rechercheur werd gedreven door zijn vurige overtuiging, dat liefde het enige element was dat de schepping nog in stand hield... het cement van de samenleving. Wanneer men die liefde, zo bedacht hij somber, als een wandaad wilde betitelen, dan was alle hoop en vreugde uit het leven verdwenen.

Hij kneep zijn beide ogen even stijf dicht. De pijnscheuten kwamen in zijn kuiten terug en tekenden zijn gelaat.
Vledder keek zijn oude leermeester bezorgd aan.
'Heb je het weer?'
De Cock tilde zijn rechterbeen iets op, schoof zijn broekspijp omhoog en tastte naar de pijnlijke kuit.
'Het is een familiekwaal. Ik heb het Klazien uit Zalk* gevraagd... er is geen kruid tegen gewassen.' Hij zuchtte diep en legde zijn been weer op zijn bureau. 'Mijn oude grootmoeder...'
Vledder onderbrak hem lachend.
'Ik weet het... jouw oude grootmoeder op Urk had het ook. Ze heeft het mij wel eens verteld. Ze gebruikte haar kuiten als barometer.'
De Cock knikte met een ernstig gezicht.
'Inderdaad,' riep hij instemmend, 'als barometer. En het klopte altijd. Als mijn Bessien** haar stramme kuiten voelde prikken, was er een zware storm op komst en bleef mijn grootvader, die visser was, met zijn bottertje op Urk in de haven. Hij vertrouwde blindelings op het gevoel in haar kuiten.'
Gabriëlle de Poortere, die vanachter haar bureau het tafereeltje voor zich een tijdje had aangezien, kwam geërgerd uit haar stoel omhoog en liep op De Cock toe. Met een wrange grijns op haar gezicht bezag ze kritisch de ongewone houding van de oude rechercheur... achteroverleunend met een opgeschoven rechterbroekspijp.
'Dat,' sprak ze traag, hoofdschuddend, 'wordt Neerlands beste speurder genoemd... zeurend over een paar moeie voeten en wauwelend over een oude grootmoeder met zere kuiten.'
De Cock keek naar haar op. De spottende ondertoon prikkelde hem. Ineens sloegen de helse duiveltjes op de vlucht... was de pijn uit zijn kuiten verdwenen. Hij nam zijn benen van het bureau, schoof zijn broekspijp naar zijn schoenen en stond op.
'Wat doe je hier nog?' vroeg hij scherp. 'Ik dacht dat jij jouw stageperiode bij ons niet langer wilde voortzetten?'
Om de mond van Gabriëlle de Poortere gleed een vage glimlach.
'Ik heb mij bedacht.'
De Cock trok zijn wenkbrauwen samen.
'Waarom?' In zijn stem trilde onbegrip. 'Kan je het gezelschap van

* Beroemd kruidenvrouwtje.
** Grootmoeder in Urks dialect.

een vrouw-onvriendelijk man plotseling wel verdragen?'
Gabriëlle de Poortere boog zich ver naar hem toe. Haar blonde haren raakten bijna zijn gelaat. De geur van haar parfum bedwelmde hem.
'Ik wil uw gezicht zien,' sprak ze ijzig, 'wanneer Marinus Kleijn zijn vierde moord heeft gepleegd.'

De Cock duwde Gabriëlle de Poortere opzij, slenterde naar de kapstok en wurmde zich in zijn oude regenjas.
Vledder kwam hem na. 'Waar ga je heen?'
De Cock schoof zijn hoedje op zijn grijze haardos.
'Een wandelingetje maken langs de Wallen. Blijf jij maar hier. Probeer nog eens contact op te nemen met het laboratorium in Rijswijk.'
Vledder keek op zijn horloge.
'Het is over achten. Die zijn al lang naar huis.'
De Cock negeerde de opmerking. Langs Vledder heen wees hij naar Gabriëlle de Poortere.
'Trek je mantel aan. Jij gaat mee.'
Het klonk als een bevel.

De business kwam langzaam op gang. In de Lange Niezel verdrongen drommen toeristen zich om de uitbundige etalages van de vele sexshops. Uit hun midden klonk gegiechel. 'The redlight-district', voor Amsterdam een toeristische trekpleister van belang.
De Cock slenterde via de brug over de Voorburgwal naar de Korte Niezel en stapte vandaar rechtsaf de Achterburgwal op. Gabriëlle de Poortere liep zwijgend naast hem. Ze had haar mantel aangetrokken en was zonder enig commentaar met hem meegegaan.
Slechts langzaam kwamen ze vooruit. Een leger van behoeftigen schuifelde traag langs de etalages met schaarsgeklede hoertjes in mild roze licht.
Uit een bordeel bij de Oude Kennissteeg stapte kleine Utrechtse Kareltje op hen toe. Hij hield De Cock staande en wees naar de blonde Gabriëlle: 'Zoek je een raampje voor haar?' vroeg hij hoopvol.
De Cock drukte de kleine bordeelhouder opzij.
'Ze is een collega van mij.'
Utrechtse Karel grijnsde.
'Klaar ben je ermee,' grapte hij.
De Cock vroeg geen uitleg en liep door.

Ter hoogte van de Barndesteeg bleef de oude rechercheur staan en gebaarde naar het hoerenpandje waar Jansje Meijer achter haar raam zat te pronken.
'Weet je wat hier gebeurde?'
Gabriëlle de Poortere knikte.
'Hier werd Jeanne van Ark vermoord.'
De Cock deed de deur van het peeskamertje open en stapte naar binnen. Gabriëlle de Poortere volgde hem en deed de deur achter zich dicht.
De oude rechercheur lichtte beleefd zijn hoedje.
'Goedenavond,' opende hij vriendelijk. 'Wij komen je even storen.'
Jansje Meijer kwam zichtbaar geïrriteerd uit haar stoel overeind. 'Ik heb geen tijd voor je,' sprak ze kribbig. Ze wees langs De Cock heen naar Gabriëlle. 'Wat doet zij hier? Het vak leren?'
De Cock schonk haar zijn beminnelijkste glimlach.
'Ze is een collega... sinds kort aan mij toegevoegd om mij te helpen.'
Jansje Meijer deed een stap naar voren op haar hoge hakken. Haar gezicht zag rood van opwinding. Ze vatte Gabriëlle de Poortere bij de arm en duwde haar wild in de richting van de stoel voor het raam.
'Ga zitten,' siste ze tussen haar tanden. 'Kan je leren hoe het voelt als al die hoerenkerels geil naar je kijken.'
De Cock kwam snel tussenbeide en voorkwam een handgemeen. Hij schoof het gordijn voor het raam dicht en nam zelf plaats in de stoel. Geduldig wachtte hij tot het felle rood uit het opgewonden gelaat van het hoertje was getrokken.
'Verdien je goed?' vroeg hij vriendelijk.
Jansje Meijer knikte traag.
'Ik mag niet mopperen,' sprak ze loom. 'Ik heb de laatste dagen echt goed verdiend.'
De Cock wuifde in haar richting.
'Je zei al: er zit mazzel op dit huis.'
Om de mond van Jansje Meijer gleed een vage glimlach.
'Het loopt inderdaad lekker... beter nog dan ik had verwacht.'
De Cock plooide zijn gezicht in een droevige grijns. Langzaam schudde hij zijn hoofd.
'Met mij,' sprak hij somber. 'Met mij gaat het niet zo goed.'
Jansje Meijer schonk hem een meelijwekkend lachje.
'Zielig voor je.'

De Cock negeerde de spottende ondertoon.
'Mijn onderzoek wil niet vlotten,' ging hij onverstoord verder. 'Je zult het ongetwijfeld hebben gehoord... na Jeanne van Ark zijn ook Benny Lefeberus en Johnny van Maasdam vermoord, en ik ben bang dat er nog meer zullen volgen.'
Jansje Meijer trok achteloos haar schouders op.
'Niks aan verloren.'
De Cock liet de opmerking langs zich heen glijden.
'De slachtoffers,' ging hij geduldig verder, 'tot nu toe... behoorden allen tot de bende van Jeanne d'Arc. Ik heb er geen idee van hoe groot die bende was... wie er deel van uit maakten. Ik ben er alleen van overtuigd, dat de bendeleden die nu nog in leven zijn, ernstig gevaar lopen om te worden vermoord... vermoord op de wijze waarop Jeanne van Ark, Benny Lefeberus en Johnny van Maasdam het leven lieten.'
Jansje Meijer trok haar gezicht strak.
'Jouw sores,' reageerde ze achteloos.
De Cock wreef met zijn vlakke hand over zijn breed gezicht en knikte.
'Volkomen terecht,' sprak hij diep zuchtend. 'Mijn sores.'
De oude rechercheur zweeg even en strekte daarna zijn beide handen in een gebaar van wanhoop naar haar uit.
'Meid,' riep hij vertwijfeld, 'jij bent de enige die mij nog kan helpen. Jij bent opgegroeid in Amsterdam-West. Jij kent alle leden van de bende. Je hebt ze hier zien komen toen Jeanne van Ark dit hoerenpandje als haar hoofdkwartier benutte. Je kent hun namen, hun gezichten... mogelijk ook de gezichten van hun vaders, hun moeders. Misschien heb je als kind wel met hen gespeeld.'
Jansje Meijer zette haar tanden in haar onderlip.
'Je gaat toch niet sentimenteel doen?'
De Cock kwam uit de stoel omhoog en liep op haar toe. In een teder gebaar legde hij zijn rechterhand op haar schouder.
'Het leven,' sprak hij ernstig, 'is niet voor een ieder even barmhartig. Als het geluk jou wat milder had toegelachen, dan zat jij nu niet hier op de Wallen achter dit raam om hoerenkerels te ontvangen met verlangens die je doen gruwen.'
Jansje Meijer kneep haar lippen samen.
'Het is mijn eigen wens,' reageerde ze scherp. 'Als ik wil, stap ik eruit.'

De Cock schudde zijn hoofd.
'Het is jouw wens niet,' reageerde hij vriendelijk beslist. 'Het was ook niet de wens van Jeanne van Ark, Benny Lefeberus en Johnny van Maasdam om zo jong te sterven.'
Jansje Meijer trok haar schouder onder zijn hand weg. Haar ogen vulden zich met tranen.
'Je bent een rotvent,' snikte ze. 'En stinkvent... een hartstikke gore rotrus.'
De oude rechercheur pakte haar aan beide schouders vast en trok haar iets naar zich toe.
'Hoeveel,' vroeg hij scherp. 'Hoeveel leden van de bende zijn er nog in leven?'
Jansje Meijer boog haar hoofd.
'Twee.'
'Wie?'
Jansje Meijer keek op. Tranen hadden haar overdadige make-up verveegd.
'Een lange jongen, die ik niet ken... komt niet uit Amsterdam-West... nooit eerder gezien.'
'En?'
Jansje Meijer sloot even haar ogen.
'Het schoolmeestertje.'
De Cock keek haar verschrikt aan.
'Het schoolmeestertje?' herhaalde hij vol ongeloof.
'Ja.'
'Richard de Boer?'
Jansje Meijer knikte traag.
'Volgens mij was hij al jaren het brein achter de bende van Jeanne van Ark.'

15

Met behulp van het apparaatje van zijn oude vriend en ex-inbreker Handige Henkie had De Cock op het tuincomplex Nut en Genoegen het slot van een aangrenzend tuinhuisje opengepeuterd en zich genesteld in een rieten stoel bij het raam. Vandaar had hij een vrijwel onbelemmerd uitzicht op de toegangspoort tot het lusthofje van moeder Lefeberus. Een bijna volle maan aan een haast wolkeloze hemel overgoot het pittoreske tuinhuisje met een zachte, mysterieuze gloed van pasgepoetst zilver.
Wanneer zijn missie niet zo meedogenloos zou zijn geweest, had hij stil en intens van het uitzicht kunnen genieten. Hij miste daarvoor nu de rust en de aandacht. Zijn woelige gedachten verwijlden onophoudelijk bij de man die hem nu al enige tijd met zijn vreemde moordpraktijken had beziggehouden.
Naast hem op een uitgeklapte tuinstoel zat Gabriëlle de Poortere. Haar lange blonde haren golfden over de kraag van haar rode mantel, die ze strak om zich heen had geslagen. In het schaarse licht dat door het raam naar binnen viel, zag ze er betoverend uit.
De Cock bezag haar schoonheid met een milde glimlach om zijn mond. Sinds hij ten behoeve van de actie de nodige voorbereidingen had getroffen, had hij haar strak in zijn nabijheid gehouden en haar geen moment uit het oog verloren.
De jonge Vledder had hij in een snelle wagen op het Overbrakerpad gestationeerd. Verder had hij, zoals reeds dikwijls in het verleden, voor de slotoperatie opnieuw de hulp ingeroepen van Appie Keizer en Fred Prins.
Appie Keizer was met zijn rond blozend gelaat... als van een onschuldige landman... vrijwel overal en altijd inzetbaar. Zijn pycnische habitus deed elke gedachte aan politie of recherche vervagen. Fred Prins was een intelligente, bonkige jongeman, groot, breed, en sterk als een beer. Bovendien was hij een uitnemend schutter.
De Cock was erg op die beide collega's gesteld. En dat was al jaren wederkerig. De grijze speurder had nog nooit tevergeefs een beroep op hen gedaan. En ook nu hadden zij beiden zonder enige bedenking hun medewerking toegezegd.
De knappe Ierse vrouw van Fred Prins had haar man wel ernstig gewaarschuwd voor 'that dangerous old man', zoals ze De Cock

altijd noemde, maar dat gold meer als een grap.
De oude rechercheur zakte iets in zijn rieten stoel onderuit en sloot zijn ogen. Hij voelde hoe langzaam de vermoeidheid in zijn botten sloop. Na het emotionele gesprek met Jansje Meijer in haar kleine peeskamertje op de Wallen, had hij Gabriëlle de Poortere langs het leger van behoeftigen naar de Warmoesstraat teruggesluisd en haar gezegd dat ze zich pas de volgende avond bij hem behoefde te melden.
Daarna was hij moeizaam schakelend met de politie-Golf op pad gegaan. Zonder Vledder. Ervan overtuigd, dat slechts hij alleen het mysterie van de panty-moorden nog tot een oplossing kon brengen, had hij ook zijn jonge assistent naar huis gestuurd.
Zijn onderhoud met moeder Lefeberus, nog diezelfde avond laat, had bijna hysterische vormen aangenomen. De moeder van Benny Lefeberus wilde aanvankelijk van enige medewerking niets weten. Haar zoon was dood en voor zijn moordenaar had ze, zo zei ze, geen enkele interesse. Een houding die hem bijna tot razernij bracht.
Al zijn overredingskracht... de vurige belijdenis van zijn geloof in de gerechtigheid, die hij diende... had hij in de strijd geworpen. Uiteindelijk had hij haar van zijn gelijk weten te overtuigen en had moeder Lefeberus hem aarzelend het adres gegeven van de man, van wie de grijze speurder de zekerheid had dat ook zijn leven werd bedreigd.
Met moeder Lefeberus aan zijn zijde had hij hem opgezocht.
De Cock herinnerde zich van het gesprek nog elk woord, elk gebaar, elke intonatie. De invloed van moeder Lefeberus op de jongeman bleek, tot zijn geluk, overweldigend. Zonder haar medewerking had hij hem nooit tot medewerking kunnen verlokken.
Leeg, tot op de bodem van zijn ziel, was hij diep in de nacht met de Golf in een verkeerde versnelling naar huis gesukkeld en naast zijn vrouw in bed gekropen. Maar door de trillende spanning in zijn lijf was van slapen niets gekomen.
De Cock drukte zich in zijn rieten stoel omhoog en boog zich iets naar voren. In het tuinhuisje van moeder Lefeberus brandde een kleine olielamp. Het gelige licht wierp op de vitrage van een zijraam het silhouet van een jongeman met lang haar, eindigend in een kort vlechtje in zijn nek.
Gabriëlle de Poortere bewoog zich.
De gammele tuinstoel onder haar kreunde een protest.
'Wanneer gebeurt het?' vroeg ze nerveus.

De Cock schoof de mouw van zijn colbert terug en keek op zijn horloge.
'Het kan niet lang meer duren.'
Gabriëlle de Poortere keek hem argwanend aan.
'Weet u zeker dat hij komt?' Haar stem beefde een beetje.
De Cock knikte traag voor zich uit.
'Hij heeft een afspraak.'
De jonge politievrouw wees voor zich uit naar het raam met het silhouet.
'Met die man daar?'
De Cock knikte opnieuw.
'Om hem te doden.'
Gabriëlle de Poortere zuchtte diep.
'Weet u wie hij is?'
'Wie bedoel je?'
'De man... de man, die komt om hem te doden.'
De Cock schudde zijn hoofd.
'Ik heb een flauw vermoeden. Meer niet.'
'Marinus Kleijn?'
De Cock keek haar van terzijde aan.
'Geloof je nog steeds dat hij het is?' vroeg hij met een zweem van verbazing.
Gabriëlle de Poortere trok haar mantel nog iets dichter om zich heen en huiverde.
'Dat... eh, dat geloof ik,' antwoordde ze zacht.
Het klonk niet overtuigend.
De Cock schonk haar een glimlach.
'Marinus Kleijn heeft Johnny van Maasdam niet vermoord,' sprak hij kalm. 'Dat kon niet.'
Gabriëlle de Poortere reageerde verbaasd.
'Waarom niet?'
De Cock wreef zich achter in zijn nek.
'Marinus Kleijn,' legde hij geduldig uit, 'werd zo rond de klok van elf uur op last van de commissaris in vrijheid gesteld. Toen Vledder en ik omstreeks twee uur die dag het dode lichaam van Johnny van Maasdam op de Bos en Lommerweg aantroffen, was de lijkstijfheid al algemeen.'
Gabriëlle de Poortere keek hem geschrokken aan.
'Wat betekent dat?'

De Cock glimlachte opnieuw.
'Dat Johnny van Maasdam toen al zes tot acht uur dood was. Begrijp je... op het moment van de moord zat Marinus Kleijn nog in zijn cel aan de Warmoesstraat.' De oude rechercheur spreidde zijn handen. 'Een beter alibi kan men zich niet wensen.'
De grijze speurder zweeg even, hij schatte haar weerstand.
'En omdat Marinus Kleijn,' ging hij rustig verder, 'Johnny van Maasdam niet vermoordde, acht ik hem ook onschuldig aan de beide andere moorden.'
'Waarom?'
'Modes operandi.'
Gabriëlle de Poortere reageerde niet. Ze boog zich voorover en liet haar hoofd zakken. Laag en diep. Haar lange blonde haren gleden als een gordijn langs haar gezicht.
De Cock voelde medelijden. Voorzichtig legde hij zijn rechterhand op haar achterhoofd.
Gabriëlle reageerde furieus op zijn aanraking. Ze kwam met een ruk omhoog en stond van haar stoel op. Ondanks haar make-up zag haar gelaat lijkbleek en haar ogen glansden groot en angstig. Met een nerveus gebaar wreef ze de haren uit haar gezicht.
'Ik wil hier weg.' Haar stem sloeg over. 'Ik wil hier weg... ik wil hier weg.'
Ze herhaalde het als een echo.
De Cock vatte haar arm en duwde haar op haar stoel terug.
'Je blijft hier,' sprak hij streng. 'Als politievrouw kun je je nu niet terugtrekken.'
Gabriëlle de Poortere schudde haar hoofd en schreeuwde.
'U kunt mij hier niet vasthouden. Daar hebt u het recht niet toe.'
De Cock keek haar strak aan.
'En als ik je arresteer wegens...'
De oude rechercheur maakte zijn zin niet af.
Gabriëlle de Poortere reageerde furieus.
'Wegens wat?'
Voor De Cock haar kon antwoorden, kraakte de mobilofoon onder zijn regenjas. De oude rechercheur herkende de stem van Vledder.
'Een oude Renault 4 is mij net gepasseerd en rijdt het tuincomplex binnen.'
De Cock pakte de mobilofoon van onder zijn regenjas vandaan en drukte op de spreekknop.

'Zet je wagen dwars voor de ingang,' gebood hij, 'zodat hij niet terug kan en loop dan het terrein op in de richting van het huisje van moeder Lefeberus.'
'Begrepen.'
'Uit.'
Op het moment dat De Cock half opstaand de mobilofoon in de binnenzak van zijn regenjas terugschoof, gaf Gabriëlle de Poortere hem met kracht een forse duw. De oude rechercheur struikelde over zijn rieten stoel en viel languit op de houten vloer. Voor hij overeind was gekrabbeld, had de jonge vrouw de deur van het tuinhuisje achter zich dichtgeslagen.
Half struikelend liep De Cock haar na. Met wapperende haren rende ze over het tuinpad.
'Stephan... je bent omsingeld. Stephan...'
Haar ijle stem in de nacht klonk als een noodkreet.
Midden op het tuinpad, in lome tred, naderde een slanke jongeman. Halverwege bleef hij staan. Besluiteloos. Zijn lange armen hingen slap langs zijn lijf. Zijn linkerschouder schokte.
De Cock herkende hem en hield zijn pas in. Van ver naderden snelle voetstappen.
Plotseling tastte de jongeman met zijn rechterhand naar een steekzak van het leren jack dat hij droeg. Toen de hand weer uit het jack tevoorschijn kwam, lag daarin een pistool. De loop glinsterde in het maanlicht.
De Cock schatte de afstand. Op het pad tussen hem en de jongeman rende Gabriëlle de Poortere. Hij zag hoe ze haar beide armen in een gebaar van pure wanhoop omhoog stak.
'Niet doen... niet doen.'
Haar stem vol angst verklonk... gleed trillend over het tuinpad weg. Toen viel krakend een schot en stortte de jongeman ter aarde.
De Cock draafde naderbij. Toen hij hem had bereikt, lag Gabriëlle gestrekt over hem heen. Snikkend. Haar lichaam schokte. Een slip van haar rode mantel bedekte zijn verminkte gezicht.
De Cock bukte zich en schoof de slip van de rode mantel weg. De wijd opengesperde ogen van de jongeman staarden zielloos naar de sterren aan de hemel. Bij zijn rechterslaap gaapte een gat.
De oude rechercheur nam een ballpoint uit de binnenzak van zijn colbert, schoof die in de loop van het pistool, dat uit de hand van de jongeman was gegleden, en hield het achter zich omhoog.

Fred Prins nam het van hem aan.
Vledder boog zich over hem heen. De Cock voelde zijn hete adem in zijn nek.
'Stephan van den Berg.'
De stem van de jonge rechercheur beefde van ongeloof.

16

De Cock had de jonge rechercheurs Dick Vledder, Appie Keizer en Fred Prins bij hem thuis uitgenodigd. Hij begreep dat de gruwelijke slotscène op het tuincomplex Nut en Genoegen bij hen meer vragen had opgeroepen, dan beantwoord.
Fred Prins en Appie Keizer hadden onmiddellijk, de bewuste nacht reeds, te kennen gegeven dat ze wel eens wilden weten aan wat voor een affaire ze hadden meegewerkt. Vooral het feit dat de dader een beginnend rechercheur was, had hen verontrust.
De grijze speurder zakte onderuit in zijn leren fauteuil. Hij voelde de spanning van de laatste dagen nog in zijn botten natrillen. Het duurde lang dit keer en het trok maar traag weg. Hij had het ook nu weer geklaard, maar het was wel op het nippertje.
Hij keek naar de jonge mensen om zich heen en vroeg zich af hoe lang hij het nog kon doen, hoe lang hij lichamelijk en geestelijk nog zoveel weerbaarheid bezat om de immense spanningen van zijn verschrikkelijk beroep te kunnen doorstaan.
De Cock kwam uit zijn fauteuil overeind en pakte een fles cognac Napoleon. Met zichtbaar welbehagen vulde hij daaruit diepbolle glazen en reikte die zijn gasten aan.
Mevrouw De Cock kwam uit de keuken met schalen vol lekkernijen. Ze was een culinair genie, dat kon toveren met een oven, een grill en een magnetron. Ze zette de schalen neer, keek naar Vledder en gebaarde in de richting van haar man.
'Hoe houd je het zo lang met hem uit?'
Vledder glimlachte.
'Een zelfde vraag kan ik ook u stellen. Soms is hij ondoorgrondelijk. De eindfase van dit onderzoek heeft hij volkomen buiten mij om afgewikkeld.'
Het klonk als een verwijt.
De Cock stak zijn handen naar voren.
'Ik had geen andere keus,' sprak hij verontschuldigend. 'Ik moest de medewerking van moeder Lefeberus afdwingen. Rationeel was dat bijna onmogelijk. Ik kon dat alleen op sentimentele gronden... de relatie die ik vroeger had met haar man... Kareltje Plof. Jij zou bij dat gesprek een storend element zijn geweest.'
Fred Prins glimlachte.

'Kareltje Plof... een inbreker?'
De Cock knikte.
'Ik heb een paar zaken tegen hem behandeld... ook zijn laatste zaak, toen hij bij een brandkastkraak iets te veel dynamiet gebruikte en het leven liet.'
De oude rechercheur wendde zich weer tot Vledder.
'Mijn tweede obstakel was Richard de Boer, een intelligente jongeman... volgens Jansje Meijer het brein achter de bende van Jeanne d'Arc. Ik stelde hem voor de keus... of net als de anderen het slachtoffer worden van een moordaanslag... of met mij in zee gaan.'
Vledder knikte begrijpend.
'Hij koos voor jou.'
De Cock nam een slok van zijn cognac.
'Het was niet eenvoudig. Richard de Boer ontkende aanvankelijk iets met de bende van Jeanne d'Arc uitstaande te hebben. Eerst toen moeder Lefeberus hem vertelde dat zij via wijlen haar zoon wel beter wist en zich bereid verklaarde om desnoods tijdens een terechtzitting tegen hem te getuigen, capituleerde hij... vroeg garanties en strafvermindering.'
De oude rechercheur schudde zijn hoofd.
'Die kon ik niet geven. Ik heb hem alleen beloofd, dat ik er met de officier van justitie over wilde praten. Dat heb ik inmiddels gedaan.'
Vledder boog zich naar voren.
'Richard de Boer moest als lokaas voor de moordenaar dienen... dat begrijp ik. Maar hoe presenteerde jij dat lokaas aan een moordenaar die jij niet kende?'
De Cock leunde in zijn fauteuil achterover.
'Gabriëlle de Poortere.'
Vledder keek hem niet-begrijpend aan.
'Gabriëlle de Poortere?' herhaalde hij onthutst.
De Cock knikte.
'Zij informeerde de moordenaar. Zij gaf de naam van Richard de Boer door aan haar geliefde.'
'Stephan van den Berg.'
'Precies.'
Vledder grinnikte vreugdeloos.
'Hoe... eh, hoe wist je dat zij dat zou doen... dat zij connecties met de moordenaar had?'
De Cock zuchtte.

'Ik zal je dat proberen uit te leggen.'
De oude rechercheur boog zich weer naar voren.
'Marinus Kleijn meldde zich bij ons als vriend van de vermoorde Jeanne van Ark. Hij vertelde heel openhartig en gedetailleerd... en zonder enige terughouding... hoe hij haar tijdens een lift had leren kennen... hoe hij liefde voor die vrouw had opgevat. Nadat Gabriëlle en jij Marinus Kleijn hadden gearresteerd, bleef hij hardnekkig ontkennen. Dat verbaasde mij. Als hij werkelijk de moordenaar van Jeanne van Ark en Benny Lefeberus was, dan had ik van hem een snelle bekentenis verwacht.'
Vledder spreidde zijn handen in verwarring.
'Die panty's... die panty's in zijn nachtkastje.'
De Cock klemde zijn lippen op elkaar.
'Precies... de panty's in zijn nachtkastje. Hoe kwamen ze daar? Volgens de theorie van Gabriëlle de Poortere had Marinus Kleijn toen hij, na haar ontsnapping uit de gevangenis in Breda, kleding voor Jeanne van Ark kocht, meerdere panty's meegenomen. En die panty's zou hij voor de moorden hebben gebruikt.
Marinus Kleijn zei, dat hij niet wist hoe die panty's in zijn nachtkastje waren gekomen. Op basis van die ontkenning bekeek ik de kleding van Jeanne van Ark, zoals wij die in haar kamertje op de Wallen hadden aangetroffen. En toen ontdekte ik iets vreemds... de maat van de panty die Jeanne van Ark had gedragen, week aanzienlijk af van de panty's die wij om de nek van de slachtoffers hadden aangetroffen.'
Vledder zwaaide.
'De maat van de panty's uit het nachtkastje klopten daar wel mee. Ik heb dat nagegaan.'
De Cock keek hem vragend aan.
'Toen Gabriëlle de Poortere de panty's vond, was jij daar bij?'
Vledder schudde zijn hoofd.
'Ik was op dat moment in een andere kamer.'
De Cock zweeg even, kauwde op zijn onderlip.
'Jij nam aan dat het de waarheid was... dat de panty's inderdaad uit het nachtkastje van Marinus Kleijn kwamen. Van een toekomstige collega verwacht je ook niet anders dan dat men de waarheid spreekt. Maar ik kreeg argwaan... argwaan jegens Gabriëlle de Poortere... en overwoog de mogelijkheid, dat wellicht zij die panty's in het nachtkastje van Marinus Kleijn had gelegd... of valselijk beweerde dat zij ze daar had gevonden.'

Appie Keizer reageerde geschokt.
'Een rotstreek.'
De Cock knikte.
'Het vinden van die panty's in het nachtkastje van Marinus Kleijn was de basis van zijn arrestatie en de reden dat hij opgesloten bleef.'
Vledder schudde ongelovig zijn hoofd.
'Daarom beweerde jij dat hij onschuldig was.'
De Cock zuchtte diep.
'Mijn argwaan jegens Gabriëlle de Poortere deed een belangrijke vraag opborrelen... waarom bracht zij bewust de verdenking op Marinus Kleijn?
Het enige antwoord dat ik op die vraag kon vinden, was... zij kende de ware moordenaar, wist welke panty's hij bij zijn acties gebruikte en wilde de aandacht van hem afleiden.'
De Cock nipte nog eens aan zijn cognac.
'Ik kreeg de absolute overtuiging van haar ontrouw aan ons vak... aan ons werk... toen zij Marinus Kleijn ook beschuldigde van de moord op Johnny van Maasdam en mij verantwoordelijk achtte voor zijn dood, omdat op mijn aanraden Marinus Kleijn in vrijheid was gesteld. Dat was een kardinale fout van haar. Op het moment dat Johnny van Maasdam werd vermoord, zat Marinus Kleijn nog in zijn cel aan de Warmoesstraat.'
Fred Prins boog zich naar voren.
'Maar waarom dat alles?' riep hij vol onbegrip. 'Wat bezielde Gabriëlle de Poortere en die Stephan van den Berg?'
De Cock streek met beide handen over zijn grijze haren.
'Gerechtigheid.'
Vledder trok zijn neus omhoog.
'Gerechtigheid?' herhaalde hij vol onbegrip.
De Cock knikte.
'Wij... de politie, Justitie, de rechterlijke macht... wij doen het niet zo best meer. Men kan die geluiden zelfs in onze eigen gelederen horen. Het is ook de mening van velen buiten ons korps. De wijze waarop wij werken... de geringe resultaten die wij bereiken... wekken wrevel. Het feit dat vele moordenaars en dieven onbestraft blijven, schept onvrede.
'Die onvrede heeft gevaarlijke kanten. De roep van jonge mensen: *jullie gerechtigheid is de onze niet*, klinkt steeds luider. Er zijn jongeren, die een hardere aanpak noodzakelijk vinden om de steeds

stijgende criminaliteit het hoofd te bieden. Stephan van den Berg was daar een extreem voorbeeld van. Het feit dat Jeanne van Ark vrij gemakkelijk uit de gevangenis kon ontsnappen en de rest van haar bende onbestraft bleef, deed hem besluiten om een eigen vorm van gerechtigheid te bedrijven.'

Appie Keizer snoof.

'Hij besloot hen uit te moorden.'

De Cock knikte.

'Gabriëlle de Poortere was het volkomen met hem eens. Ze hield van de wat onstuimige Stephan van den Berg... een liefde die tijdens hun opleiding op de rechercheschool was gegroeid. Stephan van den Berg zocht en vond de vriendschap van Benny Lefeberus en raakte via hem bekend met de andere leden van de bende. Hij kende ook Richard de Boer... van gezicht... maar wist niet dat hij in feite de stimulerende kracht was.'

Vledder grijnsde.

'Dat hoorde hij later van Gabriëlle.'

De Cock glimlachte.

'Ik heb vanmorgen een tijdlang met Gabriëlle in haar cel zitten praten. Toen Stephan van den Berg vernam dat ik het onderzoek naar de moord op Jeanne van Ark zou leiden, gaf hij Gabriëlle de opdracht om te proberen haar stageperiode aan de Warmoesstraat bij Vledder en mij door te brengen.'

Fred Prins keek hem aan.

'Waarom?'

'Om ons tegen te werken.'

Vledder gniffelde.

'Dat is haar aardig gelukt.'

Appie Keizer vroeg om aandacht.

'Waarom wilde jij per se dat na de zelfmoord van Stephan van den Berg van mij, Vledder en Fred Prins onmiddellijk een schiethand werd gemaakt?'

'Om jullie te beschermen.'

Appie Keizer schudde zijn hoofd.

'Dat vat ik niet. Wij hadden niet geschoten.'

De Cock trok zijn gezicht in een ernstige plooi.

'Er zijn heel veel mensen,' sprak hij somber, 'die denken zoals Stephan van den Berg dacht. Misschien wil men later wel een martelaar van die jongen maken. Zulke dingen gebeuren. Daar zijn voor-

beelden genoeg van. Het is niet ondenkbaar, dat er een dezer dagen in ons land een groepering opstaat, die beweert dat Stephan van den Berg niet de hand aan zichzelf sloeg, maar door ons werd geëxecuteerd... omwille van zijn ideeën.'
Fred Prins grinnikte.
'Onzin.'
De Cock keek hem strak aan.
'Soms is het zinnig om zelfs met onzin rekening te houden.'
De oude rechercheur wreef met duim en wijsvinger in zijn ooghoeken. De uitgebreide uiteenzetting had hem vermoeid. Na minuten van stilte, waarin een ieder het gebeurde overdacht, werd het gesprek algemener. De Cock liet de fles cognac rondgaan en zijn vrouw kwam uit de keuken met nieuwe schalen. De lekkernijen vonden gretig aftrek.

Het was al vrij laat in de avond toen de laatste gasten vertrokken. De Cock liet zich onderuitzakken en schonk zichzelf nog eens in. Zijn vrouw schoof een poef bij en kwam bij hem zitten.
'Jij bent het niet met de ideeën van Stephan van den Berg eens?'
De Cock schudde zijn hoofd.
'Om misdaad te bestrijden zelf misdadiger worden... daartegen komt mijn geweten in opstand. Het is een heilloze weg, die onherroepelijk leidt naar het oprichten van zogeheten eskaders des doods en alle onrecht en ellende die daaraan is verbonden.'
Mevrouw De Cock schoof nog iets dichterbij.
'Ze hebben het vanavond niet gevraagd... maar waarom werden alle slachtoffers ontkleed en kregen ze een panty om hun nek?'
De Cock maakte een hulpeloos gebaar.
'Wanneer ik alerter was geweest, dan had ik dit mysterie veel eerder kunnen ontrafelen. Gabriëlle de Poortere gaf mij de oplossing als het ware op een presenteerblaadje. Terwijl ik voor de klas stond en Stephan van den Berg mijn aandeel in de bestrijding van de misdaad ter discussie stelde, declameerde zij een versregel van Joost van den Vondel... *Men smoore 't wassend quaet bij tijds in zijn geboorte*.
De oude rechercheur zweeg even, peinzend.
'Stephan van den Berg,' mompelde hij, 'liet zich door de bendeleden zelfs "Joost" noemen. Cynisch.'
De grijze speurder schudde zuchtend zijn hoofd.

'Ik had de symbolen,' ging hij verder, 'onmiddellijk moeten onderkennen. Naakt... voor geboorte.'
'En de panty's?'
De Cock grijnsde.
'Joost van den Vondel dreef in de Warmoesstraat een kousenwinkel.'
Er viel een korte stilte. Mevrouw De Cock keek naar haar man op.
'Is Gabriëlle de Poortere werkelijk een mooie vrouw?'
'Heel mooi.'
'Nooit een moment verliefd op haar geweest?'
De Cock plukte aan het puntje van zijn neus. De accolades rond zijn mond dartelden in een glimlach.
'*Een schone vrouw en zoete wijn,*
die zijn vol heimelijk venijn.'
Mevrouw De Cock lachte.
'Een kreet van je oude moeder?'
De grijze speurder schudde zijn hoofd.
'Vader Cats.'

(44)

BAANTJER

De Cock en het roodzijden nachthemd

Een vrouw stuurt vanuit een ziekenhuis een ongewone brief aan rechercheur De Cock (met cee-oo-cee-ka). Hij besluit op haar uitnodiging in te gaan en neemt zijn rechterhand Vledder mee.
In het ziekenhuis worden zij op een onverwachte en onaangename wijze verrast. Een man met een grote snor is hen voor geweest: de vrouw is dood.
Dit incident leidt tot een op het eerste gezicht onontwarbare kluwen van misdaden, waarbij dode vrouwen in roodzijden nachthemden op een macabere wijze worden aangetroffen. Voor de twee rechercheurs een zaak die onoplosbaar lijkt.

45

BAANTJER

De Cock en moord bij maanlicht

In Amsterdam vestigt zich, in een pand van een voormalige drukkerij, de sekte *De Zoekers van Osiris*. Niet lang daarna wordt op de Kalkmarkt een psychiater geliquideerd. De sekte en de moord lijken met elkaar te maken te hebben. Althans, rechercheur De Cock (met ceeooceekaa) en zijn assistent Vledder worden in die denkrichting geduwd. Zéér tegen de wens van De Cock in, wordt de BVD (Binnenlandse Veiligheids Dienst) bij de zaak van de psychiater betrokken. Waarom? De psychiater had ministers onder zijn patiënten...
Het wordt een ingewikkelde kwestie, die Vledder doet opmerken: 'Waarom raken wij altijd in van die bizarre zaken verwikkeld?'

De volgende boeken van Baantjer zijn bij de Fontein verschenen:

1 1963 De Cock en een strop voor Bobby
2 1965 De Cock en de wurger op zondag
3 1965 De Cock en het lijk in de kerstnacht
4 1967 De Cock en de moord op Anna Bentveld
5 1967 De Cock en het sombere naakt
6 1968 De Cock en de dode harlekijn
7 1969 De Cock en de treurende kater
8 1970 De Cock en de ontgoochelde dode
9 1971 De Cock en de zorgvuldige moordenaar
10 1972 De Cock en de romance in moord
11 1972 De Cock en de stervende wandelaar
12 1973 De Cock en het lijk aan de kerkmuur
13 1974 De Cock en de dansende dood
14 1978 De Cock en de naakte juffer
15 1979 De Cock en de broeders van de zachte dood
16 1980 De Cock en het dodelijk akkoord
17 1981 De Cock en de moord in seance
18 1982 De Cock en de moord in extase
19 1982 De Cock en de smekende dood
20 1983 De Cock en de ganzen van de dood
21 1983 De Cock en de moord op melodie
22 1984 De Cock en de dood van een clown
23 1984 De Cock en een variant op moord
24 1985 De Cock en moord op termijn
25 1985 De Cock en moord op de Bloedberg
26 1986 De Cock en de dode minnaars
27 1987 De Cock en het masker van de dood
28 1987 De Cock en het lijk op retour
29 1988 De Cock en moord in brons
30 1988 De Cock en een dodelijke dreiging
31 1989 De Cock en moord eerste klasse
32 1989 De Cock en de bloedwraak
33 1990 De Cock en moord à la carte
34 1990 De Cock en moord in beeld
35 1991 De Cock en danse macabre
36 1992 De Cock en een duivels komplot
37 1992 De Cock en de ontluisterende dood
38 1992 De Cock en het duel in de nacht
39 1993 De Cock en de dood van een profeet
40 1993 De Cock en kogels voor een bruid
41 1994 De Cock en de dode meesters
42 1994 De Cock en de sluimerende dood
43 1995 De Cock en 't wassend kwaad
44 1995 De Cock en het roodzijden nachthemd
45 1996 De Cock en moord bij maanlicht
46 1996 De Cock en de geur van rottend hout
47 1997 De Cock en een dodelijk rendez-vous
48 1997 De Cock en tranen aan de Leie
49 1998 De Cock en het lijk op drift
50 1998 De Cock en de onsterfelijke dood

Andere titels van Baantjer:
De dertien katten
Misdaad in het verleden
Een Amsterdamse rechercheur
Rechercheur Baantjer van bureau Warmoesstraat vertelt, deel 1 t/m 10

Verkrijgbaar bij de boekhandel